あの空の色がほしい

Kanie ANZ
蟹江杏

あの空の色がほしい

二〇〇一年　ロンドン　春

黄色をもっと強く鮮《あざ》やかに見せたいなら、この緑は少し修正したほうがいいかもしれない。

そう思いながら机の上の時計に目をやると針は二時を指していた。深夜までずっと描《か》き続けると、さすがに目が疲《つか》れて色が見えにくくなってしまう。それでもマコは自分の体よりも大きなキャンバスの前に座り、筆を動かし続けている。原始の森がビビッドに描《えが》かれたキャンバスの中で、空に向かって鼻を上げた二頭の象は、まだ一向に動き出す気配はない。

「どうもダメだ。さて、どうしようかな」

マコはため息をついた。

大通りに面したレンガ造りのアパートの二階にある部屋は、アンティークな建物の外観に反して、内装は現代的なシンプルな作りで、十畳《じゅうじょう》ほどの室内に、ままごとみたいな小さなキッチンがついている。家具は、前の住人が置いていった黒塗《くろぬ》りのクローゼットと小さな作業机、椅子一脚《いすいっきゃく》、それにベッドだけだ。ベッドの枕《まくら》のそばには、古びたシュタイフのテディベアがのっている。部屋は妙《みょう》にガランとした印象で、マコが日本から持ち込《こ》んだ使い古したイーゼルと画材棚《がざいだな》が、この空間の生活感をさらになくしていた。

通りに向かってある大きな窓からは、夜中でも、真向かいにあるナイトクラブの若者たちの笑い声が聞こえてくる。

窓の外のアーモンドの街路樹は、今朝《けさ》、春を告げるように、いっせいに花開いた。もうすぐ、また美しい季節がやってくるだろう。

美術大学を一年でやめてロンドンで一人暮らしを始めてから、もう二年半になる。

「ああ、うまくいかないいな」

絵筆を水差しに放り込むと、また別の筆を選んでパレットの上の絵の具を含《ふく》ませる。

その時だった。ベッドの上でジージーと音が鳴っている。

「今、手が離《はな》せないんだけど」

しばらくほうっておいても携帯《けいたい》電話は一向に鳴りやまないので、筆を置いて出ることにする。

パパだった。

「やっぱり日本からだと思った。今こっち夜中だよ。どうしたの？」

ベッドに腰《こし》かけると、そのままバタンと仰向《あおむ》けになった。

「そうか、そっちは夜中か、そりゃ悪いね。マコ、学校はどうだい？　しっかりやってるか？　ちゃんと食べてるのか？」

「なあんだ。こんな時間にかけてきてそんな用事？　課題に追われてるし大変なんだよ。料理なんてする暇《ひま》ないから、もっぱらチャイナタウンのデリバリーかインスタント食品。それに私はビールがあれば充分《じゅうぶん》だし」

「そんな食生活してたらロクな作品も描けないだろ？　ママにこっちからなんか送るように言っとくよ」

「うん。ありがとう。助かるよ。味噌《みそ》と塩昆布《しおこんぶ》がほしいから入れといて。あ、あと日本米が食べたい。こっちで買うとびっくりするほど高いんだよ。それにしても今日は調子が出なくて、なかなか思うように描けないの」

「そうか、誰《だれ》だって調子が出ない時はあるもんさ。制作中に悪いね。やっぱり、この電話、後でかけなおそうか」

「いや、いいよ、大丈夫《だいじょうぶ》。さすがにそろそろ寝なくちゃと思ってたところだったから。ねえパパ、私、ロンドンで二番目って言われてる現代アートの画廊《がろう》から声がかかったんだよ。

すごいでしょう。娘自慢《じまん》していいよ。その個展用の絵を描かなきゃで締《し》め切《き》りにも追われてる。悪いけどパパが寂《さび》しいからって夜中に電話してこないでよ」

マコは、はしゃいだ子どものような声でパパにわざと憎《にく》まれ口《ぐち》をきく。けれど電話の向こうのパパの声はいつもより低い。

「いや、用事ってのは、吉本《よしもと》先生が亡《な》くなったよ。さっき役所から連絡があった。うちが身元引受人になってたから。見つかった時はもうすでに手遅《ておく》れだったって。孤独死《こどくし》ってやつだね。マコも芸術を目指すなら孤独を恐《おそ》れてはいけないよ。好きなことをつらぬくには捨てなきゃならないものもあるんだ」

ああ、オッサンは死んだんだ。誰でもいつか死を迎《むか》えるのは頭では理解していたけど、オッサンがいなくなる日を、マコはこれまで想像したことさえなかった。そうか、吉本太《ふとし》の死は今だったのか。電話口で何も応《こた》えないマコにかまわず、パパはたんたんと話を続けた。

「で、あの家は建築的にも違法《いほう》だし取《と》り壊《こわ》さなきゃいけなくなったんだ。そこで、吉本先生の作品をマコに全部引き取ってほしいって。どうする?」

「え、あの家なくなるの?　あの家すべてがオッサンが作った芸術作品だよ。オッサンは自分の作品の中で生きていたんだよ。それをつぶすの?　役所ってどうかしてる。それに作品たち、どうする？って、あれ全部すごく大きいし。そういえば息子さんがいるはず。オッサンの作品の権利はご家族にあるはずでしょう」

「すでに息子さんとは電話で話したよ。息子さんも吉本先生の彫刻《ちょうこく》や絵画のすべてを、マコに差し上げますって言ってる。もう二十年近く会ってないと言っていたし、返されても困るのかもしれないね」

あの頃《ころ》、土手沿いの道を通って、夢中で眺《なが》めていたあの彫刻たち。陶《とう》や石、金属でできた奇妙《きみょう》な形をした動物や人間、原始の森を思い起こさせる植物や花が、次々と青白い天《てん》井《じょう》に浮《う》かんでは消えた。オッサンと過ごした時間を、遠い異国でこんなに鮮明《せんめい》に思い出すとは、あの頃のマコは想像さえしていなかった。彫刻家吉本太と小学四年生のマコは偶然《ぐうぜん》のような必然のような出会いをし、彼《かれ》の死は十数年後の真夜中、不意にやってきた。オッサンと最後にかわした言葉はなんだったっけ？　ベッドの上でマコは自分が何を感じているのか、悲しいのかすら、わからない。

「まあ、そういうことだから。帰国した時に一度作品を見てくれよ。いま善照寺《ぜんしょうじ》が倉庫に預かってくれてるから。吉本先生は晩年住職と仲良くしていて預けてたらしいんだ」

「うん。わかった。ママとアップル犬《けん》は元気なの？」

「ああ、あの人は相変わらず元気だよ、うるさいくらいだぜ。アップルはマコが帰ってくるまで、もたないかもしれない。よろよろしてすっかりおばあちゃんだよ。ビーグル犬は長生きな犬種だとは聞くけどさ、最近は寝てばかりだ。マコも体には気をつけろ。あんまり飲みすぎるなよ。おまえは天才なんだろ？　手を抜《ぬ》かずに命をかけて絵を描くことだな」

パパはいつもの調子だ。

「あはは、命かけるだなんて、大げさだよ、パパ。しかも私が天才じゃないってことくらいもういい加減《かげん》知ってるでしょう。せめて地道に、コツコツ描かなきゃね。でもわかった。一度時間作って早めに帰国するよ。パパこそお酒の飲みすぎ注意だよ。みんなによろしくね」

「ついにロンドンで画壇《がだん》デビューの新進気鋭《しんしんきえい》作家がずいぶん弱気なこと言うなあ。僕《ぼく》はあの頃と同じようにマコを天才だと思ってるよ、これからもずっとね。でもコツコツは賛成だね。すべてはこれからさ、マコ」

パパは世界で唯一《ゆいいつ》私を天才だと言い続ける人だろうと、マコは思う。それを「ウザイ」などと思う時期はとうに過ぎていた。

マコから先に電話を切った。

吉本太は、今のマコの作品を見たらなんと言うだろうか。しばらく仰向けのまま天井を見つめていたけれど、もう彫刻たちは浮かんでこなかった。

その晩、マコは夢を見た。

吉本太美術教室のほったて小屋の、今にも壊れそうなつぎはぎだらけの部屋で、一人で絵を描いている。犬の形をした呼《よ》び鈴《りん》の金属音がカランチリンチリンとうるさく鳴るけれど、集中したいマコは無視して描き続ける。

「子どもはやっぱりヘタくそだな」

そこにオッサンがやってきて、マコの描いている途中《とちゅう》の絵を横からのぞき込む。

「もう子どもじゃないし、うるさいから向こうへ行ってよ。お客様が来てるみたいですよ」

マコはキャンバスから目を離さない。

呼び鈴は鳴り続けている。オッサンは、部屋から出ていってしまった。

そう言ってはみたものの少し寂しくなって窓の外を見ると、オッサンは満開のこぶしの木の下で髪《かみ》の長い女性と仲良さそうに何かを話していた。

女性はなぜか素《す》っ裸《ぱだか》だ。

オッサンってあんなによくしゃべる人だったっけ?と思った。そのうち二人はクリーム色の軽トラックに乗ってどこかへ行ってしまう。マコは置いていかれたことに腹を立てながら、それでも絵を描き続けている。
そこで、目が覚めた。もう昼近かった。その日のロンドンはめずらしく晴れていた。

1

マコは、赤い自転車を土手に向かって走らせていた。

もしも雨が上がったら、今日こそ行こうと決めている場所がある。

学校が半日授業の水曜日、夕方までには時間があった。高架下《こうかした》を抜けて、いつもおつかいに行くスーパーマーケットを過ぎると、マコの通う小学校がある。体育館を横目で見ながらまっすぐに行けば、土手にぶつかる道に出た。

雨上がりの五月の風は、とてもさわやかだ。自転車を降りて、土手っぷちに上がる坂道を言うことを聞かないハンドルに苦戦しながら登る。小学四年生の中でも体の小さなマコには、この自転車はまだ大きすぎる。息をきらしながら上がりきると、草むらの向こうに、絵の具をたっぷり水でにじませたような色の空と多摩川《たまがわ》が広がった。マコはくんくんと鼻を上に向けた。雨上がりのにおいがする。

土手の上には思っていたよりもたくさん、犬の散歩やジョギングをする人たちがいた。

あずき色のアスファルトで舗装《ほそう》された道を、制服姿の中学生の男子と女子が手をつないで、向こうから歩いてくる。

それとは逆の方向に目をやった。その先に行きたいところがある。

二ヶ月前の春休み、一人で河原で遊んでいる時に、マコは風変わりな小さな家を見つけた。それから、暇さえあれば、そこへ偵察《ていさつ》に出かけている。マコはこの家に取りつかれていた。今日こそ、その家主に会ってみたいと思う。

小さな家はぽつんと土手沿いにあった。遠くから見るとそこだけこんもりとした森にも見えたけれど、よく見るとその中には確かに家がある。一見つぎはぎだらけのほったて小屋にも見えるが、屋根の上には、巨大な足形の鉄のオブジェのようなものが、デンとのっている。近づいてみれば塀《へい》は手焼きの陶器《とうき》のタイルでできており、人の顔や動物の形が埋《う》め込《こ》まれていた。無数に貼《は》りめぐらされた陶器の小さな顔は、それぞれ違《ちが》った表情をしていて、小さな子どもや動物、いろいろな国のお面のような顔もある。家の壁にはサイズ違いの小さな窓がいくつかあり、木で作られた窓枠《まどわく》はそれぞれ赤や緑など鮮やかな色のペンキで塗られている。窓からは家の中の様子はうかがえない。それがよけいにマコの好奇心をくすぐった。その家自体がまるで生き物のように呼吸している。

森のように見えていた庭にはサルスベリや空木《うつぎ》、大きなコブシの木をはじめ、今まで見たことのないめずらしい植物がたくさん植えられていた。

草花にまぎれて雲のような不思議な形の白い石の彫刻や、ワニのようでワニでもない奇妙な動物の彫刻などが庭のあちこちに置かれ、さらにその中央には青い色のタイルで敷《し》き詰《つ》められた小道があり、家の玄関《げんかん》へとつながっていた。

マコは初めてその家を見つけた日、ドキドキしながら家のまわりを壁《かべ》づたいにぐるりと歩いて回ってみた。マコの知らないどこか遠くの外国の風が吹《ふ》いてくるように感じた。葡《ぶ》萄《どう》の彫刻がほどこされた格子状《こうしじょう》の木造りの門の前には、やはり葡萄の絵のついたサビだらけの看板に手書きふうの文字で「フローレンス美術教室」とある。その看板が特に魅力的《みりょくてき》に見えた。

マコの鼓動《こどう》はさらにトクトクと高まった。

「ここは美術教室なんだ!!」

フローレンス美術教室という名前は、駅前あたりのどの絵画教室よりも、マコにはかっこよく思えた。

玄関の扉《とびら》のすぐ横の白壁には等身大くらいの裸の女性の像が埋め込まれていた。放課後に高学年の男子たちがゴミ捨て場から拾ってきて大騒《おおさわ》ぎしていた大人が見るエッチな雑誌の中の裸の女の人と、それはまったく異なるものであることが、マコにはすぐにわかった。

同じように髪が長くておっぱいが二つあって、それは確かに女の人の裸だけれど、壁の中の女性は目を閉じていて何かを強く祈《いの》っているように見える。陶でできた女性は硬《かた》くて冷たいはずなのに、肌《はだ》はいかにも柔《やわ》らかそうで、手を伸《の》ばして触《さわ》りたくなる。あの雑誌の中の女性と目の前の壁の中の女性のどこが違うのか、と聞かれたら、うまく説明はできないのだけれど、マコはこの壁はとても美しい、と感じた。

マコは絵を描くことが好きだ。

小学一年生の時の宿題の「将来の夢」の作文では、ピカソみたいな画家になりたいと書いたし、市役所の絵画コンクールの賞もとった。この気持ちは本物だと確信している。だから、どんな危ないことに巻き込まれてもこの家の中に入り、あわよくば「フローレンス美術教室」の生徒になりたいとずっと野心をふくらませていた。

今日は、いよいよこの家に住んでいるはずの芸術家に直接会って、教室の生徒にしてもらうお願いをしにやってきたのだ。

マコは葡萄の門の前に立って深呼吸した。マコの好きな雨上がりのにおいはもう薄《うす》らいでいた。

門には小さな棚《たな》が備えつけてあり、いびつな犬の形をした金属製の呼び鈴がポツンと置いてある。その呼び鈴の犬は単純にかわいいという言葉は似合わない愛想のない顔をしているけれど、なんとも魅力的だ。マコはきっとこの呼び鈴も、この家主である偉大な芸術家が作ったのだろうと思った。

手に取ると思っていたよりズッシリ重い。持ち上げると、金属の犬と目が合った。

「あなたのご主人様に聞こえますよーに」

マコは思い切って呼び鈴をふって鳴らした。

カラン、チリンチリン。

思ったより大きな音が土手に響《ひび》く。呼び鈴をあわてて手のひらで包んで、あたりを見渡したが、マコ以外に人はいない。家の扉は開かず、返事はない。水量が増した川の流れる音だけが聞こえる。

「ご主人様はいないのかな？」

マコは呼び鈴の犬に話しかけると、元の棚に戻《もど》してあげた。

それでも後ろ髪を引かれて門の外から庭の彫刻たちをしばらく見ていると、庭の奥《おく》から一台の汚《よご》れたクリーム色の軽トラックがガタガタと音を立てて現れた。

裏庭の別の入り口から入ってきたのだろうか。トラックはマコが立っている門のちょうど目の前に停《と》まる。バタンとドアが開いた。泥《どろ》だらけの足が見えたかと思うと、マコのパパと同じ年齢《ねんれい》くらいのパパより背の低い男の人が降りてきた。

瞬間《しゅんかん》、マコは、彼を見てガッカリした。肩《かた》のあたりが盛り上がっていてハンプティダンプティみたいにずんぐりむっくりしている。髪《かみ》の毛は自分で切ったのだろうか、ザクザクのボサボサだ。まさか、この人がこの家に住む芸術家だろうか。この人じゃありませんよーに、と声に出さずに祈った。こんなすばらしい家を作って、こんな美しい彫刻を作れる人が、こんな小汚《こぎたな》いオッサンであるはずはない、と自分に言い聞かせた。

そもそもマコがイメージする「芸術家」とはベレー帽《ぼう》をあみだにかぶり、絵の具だらけの上着を着て筆を持ち、ヒゲのクルンとした人だった。

それなのに彼ときたら、薄汚れたランニングに工事現場の作業着を引っかけて、便所サンダルという出立《いでた》ちである。お腹《なか》だけぽこんと出て、頬《ほお》はこけ、目はギョロリとして、無《ぶ》精《しょう》ヒゲの口元はあきらかに不機嫌《ふきげん》そうだ。

マコは今、自分がここにいることも、呼び鈴を鳴らしたことも、心の底から後悔《こうかい》した。けれど、門の前であごを突《つ》き出《だ》して、玄関を夢中でのぞき込んでいたマコに、オッサンはすでに気がついていたらしく、マコのところまでやってきて、門の内側からマコを見下ろした。木造りの門はそんなに頑丈《がんじょう》そうでもなく簡素な造りだけれど、背《せ》丈《たけ》ほどある格子のこの境界線がマコにはありがたかった。

そんなマコの気持ちにはおかまいなしに、オッサンは赤ら顔のおでこにシワを寄せながら、ギョロ目をさらに見開いて、話しかけてきた。

「子どもが、俺《おれ》になんか用か？」

低くてこもったような声だった。なんだか無愛想《ぶあいそう》でいやな感じだ。この時点でマコは残念なことに家主はこの人だと確信した。なぜなら、オッサンから、汗と土のにおいに混《ま》じって、学校の美術室と同じ乾《かわ》いた絵の具のにおいが確かにしたからだ。

「おい、どうした？　なんか用か？」

オッサンは黙《だま》ってうつむくマコに向かって声色《こわいろ》も変えず、もう一度たずねた。

「この子はいざとなると本番に強い子」だと、マコはいつも両親から言われて育ってきた。自分でもそう思っている。それにパパから「マコは類《たぐ》い稀《まれ》なる集中力を持っているだろ。何か困った時には悩《なや》むな、頭で考えろ。自分で答えを出すんだよ」といつも言われていた。

「マコにはまだ言ってもわからないわよ、パパは親バカなのよ」とママは言ったけど、マコは、私だって考えることと悩むことの違いくらいわかってるよ、と思っていた。

だから、この怖《こわ》そうな赤ら顔のオッサンの汚れたサンダルを見つめながら、マコは考えた。黙っていたのは時間にして二十秒くらいの間だっただろう。二十秒間、マコの頭の中は高速回転し、いろいろなことを思い出していた。筆箱にコマルハナバチを入れていたら、クラスの女子から「マコちゃんて、変な子」と言われたこと。ロッカーでヘビを飼っていたら先生に「気持ち悪いから、捨ててこい」と叱《しか》られたこと。マコだけ好きなアイドルグループがいないこと。女子トイレに友だちとじゃなくて一人で行きたいと思っていること。ドッジボールが本当は大嫌《だいきら》いなこと。テストで九十点を取ってもパパから「なんで百点じゃないの？」と言われること。

そしてマコは何より絵を描くことが大好きだった。この家の彫刻を見たら腕《うで》の産毛《うぶげ》が逆立って心臓がドキドキした。いろいろな画面が頭に浮かんでは消えた。

マコはなぜか、「私は負けないぞ」という結論に達した。今までだってどんな時でもマコは負けなかった。そう決めたら、マコは顔を上げて、オッサンのギョロ目より大きく目を見開いた。

オッサンも負けるもんか、と思っているのか、マコの目からギョロ目をいっさいそらさない。マコは口を強く結んだ後、深呼吸して、看板を指さした。そして、満面の作り笑顔で、

「あの、フローレンス美術教室に入りたいのですが、やってますか。やってなければ帰ります！」

もしも誰かが聞いていたならば、びっくりするだろう大きな声で叫《さけ》んだのだった。

本当は心のどこかでどうせならフローレンス美術教室よ、なくなっていてくれ、そうし

たらあきらめもつく、と思った。こんなに短い時間の間に考えて話したのも、こんなお願いをするのも初めてだ。けれど、当のオッサンは顔色ひとつ変えず、

「へえ、絵を習いたいの？　だったら、明日、お嬢《じょう》ちゃんが描いた絵を持って、もう一回ここに来なさい。俺はこれからまた現場だから、じゃあね」

そして、ぼう然と立ちつくすマコをその場に残して、停めてあった軽トラックに颯爽《さっそう》と乗り込みUターンすると、ブオンとエンジン音を立てて走り去った。

ガソリンのにおいがあたりに漂《ただよ》った。もうすぐ夕焼けを運んでくるのだろう、ユスリカがマコの顔にまとわりついていた。

クラスで一番絵がうまいと言われ、公民館のエントランスにも絵が飾《かざ》られたこの私が今試されている、プライドにかけてこの挑戦《ちょうせん》を受け、あの小汚いオッサンをギャフンと言わせてやろうじゃないか。マコは帰り道、土手っぷちをペダルをこぎながら考えていた。オッサンのドヤ顔を思い出すと、くやしくてしかたがない。横目で見る多摩川の空はいつもの夕焼けの色よりずっと真っ赤に見えた。くやしい反面、奇妙な家の芸術家と言葉を交《か》わしたことにマコは興奮していた。自分が道なき道を勇敢《ゆうかん》に突き進んでいく探検家になった気分だった。鼻の穴がふくらんで胸がドキドキした。

「ただいま」

ママがおかえりを言う前に玄関で靴《くつ》を脱《ぬ》ぎ捨てると、マコはいっぺんに話し出した。

「ねえ私、今日、大変なことになったの。土手の大きな鉄の足がのってるお家《うち》に行って、変なオッサンに会って、これから絵を描かなきゃいけないの。それもすごいヤツを描かないと。フローレンス美術教室ってきれいな名前からは想像もつかないオッサンなんだけど、生徒になりたいなら絵を明日までに描いて持ってこいって言われたの。ママ、あの絵の具セットはどこだっけ?」

「おかえりなさい。ちょっと落ち着きなさい、マコ。あなたの話っていつも要領得なくて全然わかんないんだけど、その鉄の足がのってるお家って、吉本さんのお家? 吉本先生に会ったの? オッサンって、吉本先生は女の人のはずだけど」

「ううん、小汚いこーんな顔したオッサンだったよ」

マコは肩をいからせて目を見開いて頬をぷっくりふくらませてみせた。ママは首をかしげながら困った顔をしたけれど、その日はそれ以上は何も聞かずに、棚から絵の具セットと水差しを出してくれた。

マコは画材もおもちゃもお洋服も何もかもめちゃくちゃにして子ども部屋に置くし、ひどい時は脱いだパンツもいつまでも床《ゆか》にそのままだ。いくらママが片づけなさいと言っても、どうしてもできない子だった。学校の机の中も書きそこなったお習字や、丸めたちり紙などでゴミだらけだし、自分でもどうしてみんなはお片づけできて、私にはできないのだろう?と不思議に思っている。だから、大人が使うような高級な絵の具セットを買ってもらった時、自分からママに預けることに決めた。いつもはたいてい色鉛筆《いろえんぴつ》かクレヨンを使って絵を描くけれど、今こそこの絵の具を使うにふさわしい時だ、とマコは思った。

トイレの床に、ママが、母の日が過ぎて値段が安くなった赤いカーネーションを飾っていた。マコは花瓶《かびん》ごと子ども部屋に持ち込むと、学習机の上に置いた。

手元用のスタンドライトをパチリとつけてカーネーションに当てると、赤い花びら一枚一枚がはっきりする。マコはじっくり眺めた。最初は鉛筆で輪郭《りんかく》を描いて、その中をわざと水をにじませながら赤い絵の具で塗りつぶす。

くきや葉っぱも単調にならないように、なるべくいろいろな緑色を使うように心がけた。リビングから「ごはんですよ」とママの声が聞こえた時には、もう絵はあらかた完成していた。最後にもう一度鉛筆で輪郭を整えると、自分で見る限りとてもいい絵が描けたとマコは満足だった。

完成した絵をパパに自慢げに見せると、「すごいなあ、この葉っぱの色はマコにしか出せない色だね。やっぱりマコは天才かもしれないよ」とほめてくれた。

学校では朝のうちは時計ばかり見ていた。放課後、オッサンに絵を見せにいくことでマコの頭はいっぱいだった。楽しみにしていた三時間目の理科の「月や星の動きや見え方」についての授業も上《うわ》の空《そら》だった。帰りの会で先生が「みなさん、さようなら」と言ったと同時に、マコはランドセルも背負わずに教室を出て一目散《いちもくさん》に家に向かった。

ランドセルは忘れたわけではない。次の日の時間割も、マコはちゃんと知っていたけど、毎日同じ教科書を使うのだから重い思いをして持って帰るより、学校に置いておいたほうがいいと思っていた。

ママは何度も担任の清水先生に学校に呼び出されて、「もう四年生ですから、ランドセルをちゃんと持ち帰るよう、ご家庭でも指導していただけますか。私が注意しても『なんでダメなんだろう?』と言うばかり。私の力不足なんでしょうけれど、他の児童にもしめしがつかないので、困ってしまっています」と悲しそうな顔で言われていた。でもママがマコに説明するたびに、「なんで? 明日おんなじ教科書を使うし、宿題はちゃんと持って帰ってやってるし、勉強もしてる。私はなーんにも困らないよ」とマコにはわからない。

「でもね、マコ、他のみんなはちゃんと持って帰ってるし、ルールなんだからちゃんと毎日背負ってお家に帰って来なさい」

ママに言われたその時は世の中ってそういうものかな、とマコは少しだけ理解するのだけど、しばらくすると、やっぱりなんでランドセルを学校に置いて帰ってはダメなのかな？　ランドセル泥棒《どろぼう》がいるのかな？　いやいやお友だちに泥棒なんているはずないし、まして教科書を盗《ぬす》むだなんてあり得ないから、やっぱり、重いし学校に置いて帰ろうということになり、どうしてもロッカーに置いたまま帰ってしまう。

家に着くと、ちょうどママは庭で植木に水をやっているところだった。

マコは玄関の靴箱の上に用意しておいた輪ゴムで丸めたカーネーションの絵を持つと、自転車に飛び乗り土手へ向かった。

奇妙な美術教室の葡萄の門の前に自転車を停めると、マコは門の格子の間から中をのぞき込んだ。庭においてあるマコのひざ丈くらいの真っ白い鬼《おに》のような小人のような彫刻が、マコをじっと見つめてうなずいたように見えた。軽トラックが庭に停めてあったので、オッサンはきっといるな、と思った。

犬の呼び鈴を手にとろうとした時だった。

家の扉が開いて、昨日とまったく同じ薄汚れたランニング姿のオッサンが現れた。オッサンはマコに気がついていないのか、目もくれず軽トラックに乗りこもうとしている。マコはあわてて声をかけた。

「あの、絵を持ってきました」

力んでやってきた割には小さな声になったな、と我ながら思う。

オッサンは軽トラのドアに手をかけたまま、首だけこちらに向けた。そして表情ひとつ変えず言い放った。

「えー、本当に来たの？　来ないかと思ったね。美術教室は十年前にやめてるんだよ。でも、いいや、お嬢ちゃん、次の日曜日から授業ね。俺これから現場だから。じゃあ」

マコはすっかり拍子抜《ひょうしぬ》けしたと同時に頭にきた。昨日あんなに一所懸命《いっしょけんめい》カーネーションの絵を描いて、学校でもずっとフローレンス美術教室のことばかり考えて緊張《きんちょう》していたのに、当のオッサンはマコの絵なんてまったく見ずに日曜日にくればいいじゃん、と適当なことを言っている。なんて失礼なんだろう！

「私、絵を描いてきたんですけど！　カーネーションの絵。あなたが描いて持ってきなさいって言ったでしょう？　大人のくせに子どもが一所懸命描いた絵を見ようともしないんですか？」

オッサンはそう言われて、少しびっくりしたのか、マコをじっと見て、それからマコの前までのそのそ歩いてくると、目も合わせずに格子の隙間《すきま》から手だけ差し出した。手はそんなに大きくはなかったが、岩みたいにゴツゴツして赤茶色をしていた。爪《つめ》の間に乾いた土が入って黒く汚れていたけれど、きれいに切りそろえられている。絵を丸めていた輪ゴムを外して画用紙を伸ばして広げてから、マコはその手にそっと渡した。

オッサンは画用紙を受け取ると、格子の向こうでマコの絵を数秒眺める。それから表情ひとつ変えずに、

「ふーん、わかった。はい、合格。じゃ、日曜日ね。時間は何時でもいいよ」

マコに背を向け、またのそのそと軽トラックのほうに歩いていった。

えーなんなの⁉ パパに天才とまで言わしめた私の力作、チラ見しただけだし、合格ってなんなの⁉ オッサンっていったいどこの誰なんだろう⁇ マコがぼう然として返事もできないうちに、軽トラックはUターンすると、そのまま走り去ってしまった。

こうしてマコは、晴れて？フローレンス美術教室の生徒になった。

帰りは複雑な気持ちだった。ママやパパに今日のこの話をしたかった。マコはいつも楽しかったことも悲しかったこともなんでも口に出して話がしたい。いよいよフローレンス美術教室の生徒になったと、報告もしなくてはならない。

家に戻り玄関の扉をあけると、自分のではない運動靴があった。「あっ」とマコは思った。ユウの靴だろう。ユウは今はクラスは違うけれど、近所に住んでいる幼稚園《ようちえん》からの仲

良しだ。ユウが遊びに来るのはいつもならうれしいけれど、今日来ている理由がマコにはすぐにわかって、あーあ、と大きくため息をついた。

恐る恐るリビングに行くと、思ったとおりマコの椅子の上に赤いランドセルが置いてあり、ママがそれを指さしながら大げさなあきれ顔で仁王《におう》立ちしている。ユウはすました顔でオレンジジュースとホワイトチョコレートのケーキを食べていた。

「マコのランドセル、清水先生に届けてって言われたから持ってきた。学校に置きっぱなしにしたらダメじゃん。おそうじ係も困るって怒《おこ》ってたみたいだよ。まあ、別に私には関係ないけどね」

バツが悪いので、マコは口をとがらせてタコの顔マネをしてみせた。その顔を見てユウは「マコ変な顔～」とケタケタ笑った。けれど横目でママの顔を見てもまったく笑う様子もないので、マコは「ごめんなさい」と頭を下げた。

せっかくユウが来ているし今日の美術教室でのオッサンとの出来事をユウにも話したいけれど、今は話せる雰囲気《ふんいき》ではない。

アップル犬はいつもと変わらず、たれ下がった大きな耳としっぽをふってやってきて、マコの足にお尻《しり》をくっつけてきた。

2

「和風ハンバーグランチと、カニドリア、シーザーサラダ、それからサーモンマリネ、生ビール、それとウーロン茶二つ。お願いします」

「かしこまりました。ご注文を繰《く》り返しますね」

土曜日のファミリーレストランは若いアルバイトたちが元気に働いている。広い店内は家族連れや学生でいっぱいだ。

パパは昼間でもあたりまえにビールを注文する。土曜日は給食がないので時々家族三人で外食するのだけど、行き先はだいたいパパが決める。蕎麦屋《そばや》に行こうとなるとマコはがっかりする。マコはファミリーレストランのほうが好きだ。一番好きなのは入り口にあるおもちゃのコーナーで、その次はトイレの前のガチャガチャのコーナーだ。ガチャガチャにはマコが好きな妖怪《ようかい》が出てくるアニメのキャラクターの消しゴムがあるので、今日も帰りがけにおねだりして一回は回してみたいと思っている。

「私ぶどうジュースも飲みたい。頼んでいい？」

「ジュースはごはん食べ終わってからにして。お腹がふくらんでちゃんとごはん食べられなくなるから」

　マコは口をとがらせた。

「そういえば、パパ、明日からマコが行くって言ってる美術教室。知ってるでしょ？　吉本さんの家。あの土手沿いの風変わりなお家。私、心配だったからお伺《うかが》いして先生に会ってきたの」

　マコはウーロン茶をストローで吸いながら耳を大きくして大人の話を聞いた。口をはさみたかったけど、パパがどう答えるか気になったので黙っていることにした。

「マコが突然《とつぜん》にお邪魔《じゃま》してそんな話になったみたいで、ご迷惑《めいわく》じゃないですか、って、ご本人に確認したんだけど、先生はマコに絵を教えるのはかまわないって言うのよ。しかも月謝もいらないっておっしゃるの。それはさすがに困ります、って言ったら、じゃあ月千円で充分ですって」

「吉本さんて、ずいぶん前に離婚《りこん》して奥さんのキヨコさんは息子二人連れて家を出ていったって聞いたよ。あの美術教室ももともとキヨコさんがやってたんだろ？　奥さんは家を出たあと美術教育者としても画家としても有名になってるよね。なんかの雑誌にも出てたの見たよ。そうか、旦那《だんな》もアーティストなのか」

　ちょうどパパの生ビールとおつまみのサーモンマリネが運ばれてきた。パパはグビリとビールを飲んだ。

「そうなの。ご近所のうわさだし、本当かわからないけど、藝大《げいだい》を出て大きな賞とったことのある先生なんだって。でも、まったく人と関わらないみたい。いわゆる変人だって。あの土手沿いの家も奥さんと二人で作ったらしいけど、違法建築じゃないかって。まあ、あくまでうわさだけどね」

「へえ、僕、散歩で時々あそこまで歩くけど、あの彫刻は旦那さんの作品なのかなあ。家もこうなんか迫《せま》ってくるものがあるよね。全体が芸術作品っていうか」

パパはマコのほうに体を向けた。

「マコ、一人で吉本先生に会いに行ったのかい？　知らないお家に一人で行くのはいいことじゃないし、パパもママも心配するよ。そういう時は相談してからにしてくれよ」

マコはうなずいた。パパはマコがうなずいたのを確認してから、話を続けた。

「マコは絵を習いたいのかい？」

「うん。私、大きくなったら画家になるつもり。だから絵を習いたいの。パパだって私を天才だと言ってたでしょう？　いくら私が天才だとしても、努力してもっと練習してうまくならないとダメだと思うの。でもパパとママの思ってることはわかってる。絵を習うなら駅前のカルチャースクールの美術教室もあるよって言いたいんでしょう。だけど、私、あそこには行きたくないの。フローレンス美術教室に行きたいの。フローレンスって響きもなんだかすてきだと思わない？」

マコはパパに言われそうなことは、あえて先回りして話した。

「そうか、マコは画家になるんだね。そしてあの不思議なお家が好きなわけだ。僕もあの庭の彫刻作品をいいなあ、ほしいなあって、ずっと見ていたんだ。今度一緒《いっしょ》に行ってみたいね。その先生を紹介《しょうかい》してくれよ」

パパは笑った。

「パパと私はカチカンが合うんだね。あのね、オッサンは汚い格好だしなんか臭《くさ》いし変な人。でもあんなかっこいい彫刻やお家が作れるんだからすごい人だと思う」

「そうか、マコと僕は価値観が合うのか。それは光栄だね。人は見かけによらないよ。他の人が吉本先生やあの不思議なお家をなんて言おうと、マコが好きならそれはすてきなことだよな」

近所のみんなが変人が住むホームレスのボロ小屋だってうわさしているあの家を、パパも好きなんだと知ってマコは飛び上がるほどうれしかった。ママもパパとマコの話を楽しそうに聞いていている。あのオッサンをパパとママが「先生」と呼んでいるのは不思議だったけど、葡萄の門の先の、今にも動き出しそうなあの彫刻たちに囲まれた家の中で絵を描く自分の姿を想像してワクワクした。

「ご注文は以上でよろしかったでしょうか」

先ほどの店員のお姉さんが、カニドリアとサラダとハンバーグランチをテーブルに置いた。

「これもう一つ」

パパはあわてて空《から》になったビールジョッキを指さした。

マコのハンバーグには、透明《とうめい》の小さなビニールに入ったゴム製のキティちゃんの指人形がついてきた。けれどマコの頭は美術教室に行くことでいっぱいだ。

ハンバーグをほおばるマコに、そういえばという顔をしながらママが話を始めた。

「マコ、美術教室に行くのはいいけれど、あなた一人じゃなんだから、ユウちゃんと一緒に通いなさいね。ユウちゃんのお母さんにも、もう話してそう決まったから。吉本先生は藝大を出たすごい先生らしいわよ、行くと決まったら、途中で投げ出さないで真剣《しんけん》に絵を描きなさいね」

「ふーん、ユウちゃんも絵を習いたいんだあ、まあ、私が見つけた場所だけど、うん、いいよ。ユウちゃんが行きたいって言うなら入れてあげる」

「よく言うよ。ユウちゃんと一緒が本当はうれしいくせに。それにあなたが入れてあげるってのは、おかしな話。とにかくユウちゃんがいたほうが安心でしょ」

あなた一人じゃなんだから、の「なん」っていったいなんだろ、ユウがいたほうが安心ってなんでだろ？　オッサンのあの小汚さで藝大ってホントかよっ、とマコは子どもながらに思う。

ママは近所でも変わり者と名高い芸術家の家に、マコを一人きりで行かせるのを避《さ》けたかったに違いなかった。


絵の具箱をカタカタいわせながら、マコとユウは土手沿いを歩いていく。ユウは学校では無口で、めったなことじゃ笑顔を見せない女の子だったが、マコとは波長が合うようで、二人の時はよくおしゃべりした。二人はことあるごとに一緒だった。

「あれ？　看板がない。ここにすっごくかっこいい絵の描いてある看板があったのに」

葡萄の門の前まで来るとあるはずの「フローレンス美術教室」の看板が見当たらない。その代わりに前回はなかった看板がかかっていた。

「吉本太美術教室」

白く塗られたベニヤ板の切れ端《はし》に、なんとも言えない太いヘビのような筆文字で、縦書きで書かれていた。

なんと美術教室の名前が変わってしまっている。

この街で一番おしゃれな名前の美術教室。クラスのみんなに「私、フローレンスの生徒よ」と自慢する自分の姿を何度想像したことか！　それが、あのオッサンのフルネームが教室名になってしまっているではないか。

「えーユウちゃん、どうしよう。美術教室の名前が変わっちゃってる！　しかも吉本太美術教室だなんてダッサい名前。こんな美術教室に私たちが通ってるなんてみんなに知られたら、バカにされそう。あーいやだなあ、この名前。フローレンス美術教室のほうがずっとよかったのに。吉本太って、あのオッサンの名前じゃん」

マコが地面を踏《ふ》み鳴らしながらまくし立てていると、ユウがマコのそでをツンツンとひっぱった。

家の扉が開いて、この前とまったく同じ格好のオッサンが現れた。オッサンは門まで歩いてきてカチャカチャと鍵《かぎ》をあけると、内開きに格子の門をあけた。

「おう、来たか。あっちの二階が教室だからついてこいや」

二人を門の中に招き入れて、庭の奥へと歩いていく。

庭は外から見るよりも広くて木々が生《お》い茂《しげ》っている。中に入るとひんやりとした空気が流れていた。植物と植物の間の至るところに奇妙な素焼きの彫刻や、金属でできた像が見え隠《かく》れしている。ツノが異常に大きな木彫《きぼ》りのシカ。逆立ちした耳の大きな少年。アリクイのような動物。人間を食べてしまいそうな金属でできた花。鬼の顔をした子ども。それらは今にも動き出しそうで、何か言いたげだ。そして太古の昔からその場にずっとあったかのように、植物たちとよくなじんでいた。

「ユウちゃん見て！　あのワニみたいなの。かわいいね」

「本当だ。なんか怖い顔してる。あ、あそこに大きなお魚がいるよ」

マコもユウも庭をキョロキョロしながらオッサンの後を追いかけた。

庭の面積に対してとても小さな家と、庭を挟《はさ》んだ位置にもう一つ小屋がある。どちらも隙間風が吹きそうな造りだが、漆喰《しっくい》と白いペンキを使って塗られた壁やところどころに配置されたカラフルな小さな窓から、なんともいえない雰囲気が感じられる。なぜか家には大きな窓は一つもない。

離れのような三角屋根の白い小屋にも、マコと同じくらいの背丈の扉とドッジボールくらいのサイズの丸い窓が一つだけがあり、ドアノブまで真っ白く塗られている。すべてが白く塗られた小屋なのだ。

その小屋が奇妙に見えれば見えるほど、マコには魅力的に思えて、その内部を想像してしまう。

マコはどうしても中に入ってみたくなったが、オッサンは気にせずずんずん進む。たまらずマコはオッサンから離れて、丸窓の小屋のほうに駆《か》け寄った。

「オッサン先生、この小屋はなんですか?」

オッサンは「オッサン先生」とマコに突然呼ばれて一瞬ピクリとしたが、さして気にも留めず答えた。

「ああ、そこは、息子がいた頃、ウソついたり万引きしたりした時に閉じ込めるお仕置き小屋に使ってたんだよ。窓から見てごらん、象の鼻で人間の子どもなんて串刺《くしざ》しだぞ」

オッサンは木箱を窓の下に持ってくると「ほれ、中見てみろ」と言う。ゲゲ、聞かなきゃよかった、と思いつつ、ユウを横目で見ると、やはりユウも眉間《みけん》にシワを寄せてマコに目配せしてきた。

それでもマコとユウは順番にオッサンにうながされるまま木箱の踏み台に昇《のぼ》り、丸窓から中をのぞく。そこには、真っ白な陶器で作られた象の彫刻が、床いっぱいに並べられていた。ざっと数えても二十体はあるだろう。逆さになった頭が床から生《は》えているようにも見えるその彫刻の象たちは、みんな長い鼻と牙《きば》をいっせいにピンと天井に向けていた。白い小屋のたった一つある丸窓の向こうに、真っ白な象の頭だけがぎっしりと並んでいるのだ。

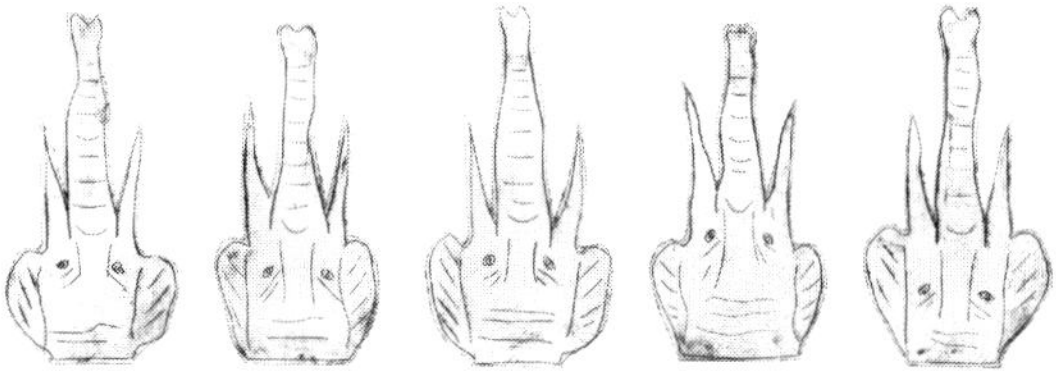

象の目はいっせいにこちらを見ている。そこに閉じ込められることを想像しただけで、残酷《ざんこく》で恐ろしい光景だった。けれど、マコは同時にそうされてみたい衝動《しょうどう》にかられるような、生まれて初めて感じる甘く危険な美しさを感じた。

オッサンは教室を「母家《おもや》の二階」と呼んでいたが、実際は屋根の上にのせた小屋という感じだった。手すりもないハシゴのような幅《はば》のせまい階段が庭から外壁に直接備えつけてあり、それで教室まで上がる。屋根の上のスノコの小さな踊《おど》り場に靴を脱いで小屋に入るのだが、入り口の扉は大人の男の人ならかがまないと入れないくらいのサイズだ。緑色に塗られた異国風の扉をあけると四畳半くらいの板張りの部屋があり、漆喰の白壁に古い小さな黒板が立てかけてある。そこにはチョークで「赤、青、黄色、白」と書かれていた。

いよいよ生徒二人の吉本太美術教室の始まりだ。

オッサンは相変わらずニコリともせず、

「きみたちは俺の子どもでも、ましてや恋人《こいびと》でもないから、別にやさしくなんてしないよ」

と、わざわざ前置きすると、四色の絵の具と使い古した一本の筆と画用紙を二人に配った。

こっちこそあんたの子どもでも恋人でもなくてほんとによかったわ、とマコは思ったが、口に出すのはやめた。

それからオッサンは半分茶色くなった熟《う》れすぎたバナナを、これまた黄ばんだ白いハンカチの上にのせた。

「これを白とこの三色、この筆だけで描いてごらん」

「え、この腐《くさ》ったバナナを描くの？　絵の具は他の色ないんですか？」

めずらしくユウが質問した。マコも同じ気持ちだった。せっかくきれいな絵を習いにきたのに、腐ったバナナなんて描きたくない。これはきっとオッサンの食べ残しに違いない。

「私たち、絵の具持ってきたので、なければこれ使います」

マコは持ってきたサクラ印の絵の具のセットを、カバンから取り出した。

「吉本太教室では、俺の決めたものを描くんだ。今日はこれ。それと、絵の具は三色と白のみ。他のは使うな。混ぜて使えば何万色の色が作れる。つべこべ言わずに描いてみろ」

そう言うとオッサンはマコたちが返事をする間《ま》もなく、さっさと部屋を出ていってしまった。

よく晴れた日曜日、風変わりな家で、マコとユウは言葉も発さず、黙々《もくもく》と腐ったバナナを描き続けた。

オッサンが言うとおり、四色の絵の具は混ぜると無限にあらゆる色に変化した。

こうして、オッサンとマコのなんとも奇妙な美術教室が始まった。

3

ワイドショーのお天気コーナーのお姉さんが、「六月に入って久しぶりの青空の日曜日です。日中は晴れて気温も上がりますが、夕方は少し肌寒くなります。お出かけする際《さい》は上着があると安心です」と晴れやかな表情でテレビの中で話している。

マコは台所のテーブルで、梅ぼし入りのおにぎりと卵焼きを食べていた。

朝食の時間に、何度起こしても起きなかったマコに、ママがおにぎりと卵焼きを作ってテーブルに置いてくれていた。梅ぼしはそんなに好きではないけれど、食べられないほどではない。焦《こ》げ目のついた甘《あま》い卵焼きがマコの好物だ。おいしい卵焼きも食べたことだし、いい日の始まりだ。

ママは二階の部屋で、ドライフラワーで何かこしらえているのだろう。マコのママは手先が器用で、毎年クリスマスには大きなヒイラギと赤い実をあしらったリースも作ってくれる。

パパは昨晩もあんなに酔《よ》っぱらっていたのに、朝早くから書斎《しょさい》で本を読んでいる。パパはいつでもどこでもお酒を飲みたがる。「マコもきっと将来お酒が強くなるぞ」とパパはうれしそうに言うけど、本当だろうか。

マコがお皿を台所の流し台で洗っていると、アップル犬がやっと起きてきた。

「今起きたの？　ねぼすけだねえ、おはよう」

アップル犬はしっぽをふってマコにお尻をくっつけてきたので、茶色い背中を両手でガシガシなでてやった。

「ごめんね、アップル、今日は美術教室の日なの。帰ってきたら散歩に行こう」

吉本太美術教室は毎週日曜日が開室とだけ決まってはいたが、出入り時間は自由だ。マコは画材が入ったカバンを肩からかけた。

「さあてと、ぼちぼち出かけるか」

「ぼちぼち」はオッサンがよく使うのでおもしろがってマネをしているうちに、うつってしまった。玄関で靴ひもを結びながら、

「いってきます！」

大きな声で言った。

「はーい、いってらっしゃーい」

「いってらっしゃい。いい絵を描けよー」

別々の部屋から聞こえるママとパパの声を同時に受けながら、玄関の扉も閉めずに外へ飛び出した。

自転車にまたがり、まずはユウの家に向かう。

美術教室に行く時はマコがユウを迎えに行くことになっていた。ユウの家はマコの家から歩いて三分もかからない。迂回《うかい》するのも自転車を停めるのも面倒《めんどう》なので、ユウの家の前にある側水路《そくすいろ》の向こう側から大声で、「ユウちゃーん、来たよー」と叫んだ。

ユウの家の前の側水路は、幼稚園の時によくユウやユウの弟たちと一緒にザリガニやカエルを見つけて遊んだ場所だ。今は水抜きがされて落ち葉やらペットボトルが転《ころ》がり、コンクリートの底が丸見えだ。水を入れれば楽しいのにな、と思う。

家の引き戸が開いて、すぐにユウが顔を出した。

「今、そっち行くね」とユウはこちらを指した。

すぐに自転車を引いてユウはマコのほうへやってきた。ユウはマコより十センチ以上背が高い。自転車ももう二十六インチに乗っている。狼《おおかみ》カットにジーンズ姿は、ユウの長い脚《あし》をさらに長く見せる。こうして見るとユウちゃんは四年生じゃなくて六年生に見えるなあ、とマコは思う。

土手は、風は通るものの日差しが強く感じられた。二人は葡萄の門をあけて自転車を停めると、庭を抜けてお絵描き部屋へ続く階段を上がる。足元を見ると、階段には絵の具が飛び散った跡《あと》や動物や植物のらくがきがびっしりと描かれている。

「この階段、ボロボロ。いつか壊れるよね。ズドーンって落ちたりして」

「この教室にいる時に地震《じしん》来たら、階段壊れて降りられなくなるかも」

「いや、その前に家ごと潰《つぶ》れるよ。でもなんか、この二階、スリルあって木の上のお家みたいで私好きだなあ」

「確かに、ちょっと秘密基地っぽいね」

相変わらずガタガタの踏み板を一段一段そっと昇る。下りは後ろ向きで降りないといけないくらいの急な階段だ。もう何度も昇ったことがあるのに少し怖かった。

部屋に入ると小さな黒板に、あのヘビがはったような文字で、

「戻るまでこれをデッサンしておくように。

注、鉛筆だけで描くこと。　太」


と書かれてある。

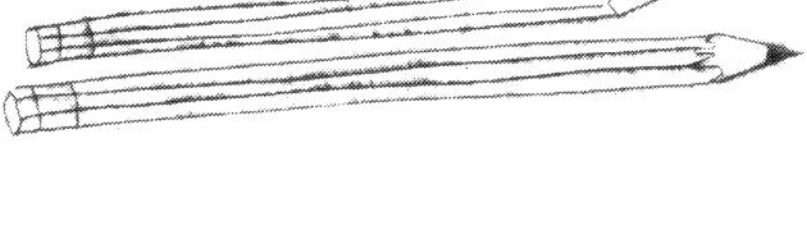

黒板の前には大きな画用紙が束《たば》になって積まれている。窓側に白い布を敷いた小さな台があり、その上に橙色《だいだいいろ》のかぼちゃと、黄色と緑色のマダラ模様《もよう》のカボチャがのせられていた。どのカボチャにもシラっちゃけたカビが生えていた。

腐ったバナナかと思えば、今度はカビの生えたカボチャかよ、こんなの描きたくないな。私はお姫様《ひめ》かカブトムシが描きたいのに、とマコは思った。

けれど部屋の奥のテーブルの上に気がついた瞬間、マコの考えは変わった。

鉛筆が整然と四十本ほど並べられていて、9H、8H、7H……HB、B……5B、6Bと各二本ずつそろえられている。

こんなにたくさんの種類の鉛筆が並んでいるのを見たのは初めてだ。あらゆる芯《しん》の濃《こ》さの鉛筆が二人のために用意されていた。美しくとがった芯は機械の鉛筆削《けず》りで削ったものではないとすぐにわかった。マコもカッターで鉛筆を削ったことがあるけれど、こんなにじょうずに削れない。オッサンって意外とやるな、と思った。

それぞれの芯の色は窓から入る光を反射して、美しいグラデーションに見える。同じ鉛筆でも芯の硬さが違うだけでこんなにも色がたくさんあるんだ、とすっかり感激してしまう。

硬い芯は白銀に輝《かがや》いていたし、柔らかい芯はパパの書斎にあるスティブナイトという鉱石のようだ。

　自然に声が出た。

「わあ」

　マコは大きな目をさらに大きく見開いた。

　ましてこれからこの鉛筆を使って絵を描くことを想像しただけで、題材がたとえカビたカボチャだとしても胸が躍《おど》った。

　隣《となり》にいるユウの顔を見たが、黙っていてどう思っているのかはわからない。ユウだって、学校ではHBとかBしか使ったことがないはずだ。ユウもわくわくしているに違いない。

　何かしたいとなると、すぐに動かずにはいられないマコは、美しく並んだ鉛筆を目の前に、もう絵を描き始めたくてしかたがなかった。でも、デッサンってよく聞く言葉だけど、実際どうやって描くのだろう？　ユウは知っているのだろうか。

「カボチャ、カビカビだね、きったな〜い。触りたくはないね。これ臭いかな。オッサン、いつ帰ってくるのかな」

　マコがカボチャに鼻を近づけると、ユウはマコの体をカボチャから引き離しながら、

「帰ってこないかもよ」

　と興味なさげに返事をした。

「帰ってこなくてもさ、私たちだけで描こうよ。デッサンってさ、絵を見たままにリアルに描くことだよね？　ユウちゃんデッサンやったことある？　デッサンって響きなんかかっこよくない？　私たち本格的なデッサンするんだよ。すごいよね」

「うーん、わかんない」

「私もなるべくリアルに描こうとしたことはあるけど、鉛筆だけで全部描くのは初めて。こんなに鉛筆があると迷うなあ。どれを使えばいいんだろう？　ま、いっか、描いてみようよ！　私は、こっちの机で描くね、ユウちゃんは、あっちの机で描いてね。あー、私やっぱりカボチャをこう、ななめから見たいから、やっぱりあっちにしよっかな。ユウちゃんどっちの机がいい？　あー、やっぱりこっちの机に決めた。こっちのほうがカビの部分が見えにくいから。あっ！　机はさ、動かせば良くない？　そうだ。オッサンに決められた場所じゃなくてもいいよ。動かしちゃお。どこにしよっかなあ」

矢継《やつ》ぎ早《ばや》に勝手なことをしゃべるマコに、「私はどっちでもいいよ」とユウはそっけない。

ユウは画用紙を二枚取りマコに一枚差し出すと、ちゃぶ台のような脚の短い机に画用紙を置いた。

しっかり者のユウはいつも落ち着きがないマコの世話を焼いてくれる。なぜか学校ではまったく話さないようにしている二人だったけれど、放課後になるとよく一緒に遊んでいた。ユウはきっと吉本太美術教室には来たくないけれど、マコが一人だと心配だからついてきてくれているんだろうな、とマコも薄々感じていた。

マコの子ども部屋がゴミ屋敷《やしき》みたいに散らかっていて（いつものことなのだが）、ママに怒られて泣いていたら、ちょうど遊びに来たユウが、黙々と一緒にそうじしてくれたこともある。マコの止まらないおしゃべりも、ちゃんと聞いているか聞いていないのかわからないのだけど、他の友だちみたいに、「マコちゃんて意味不明」と笑わずに、時々うなずいては静かに一緒にいてくれる。

マコはユウから画用紙を受け取ると、鉛筆は自分で選びにいった。

一番濃い鉱石色の鉛筆と、使い慣れたＢ、ＨＢ、それから一番薄い９Ｈを手に取った。焦がしたような黒い色の木の板が貼られた床に座ると、少しざらざらして冷たかった。ユウちゃんみたいに長ズボンでくればよかったな、とマコは思ったけれど、そんなことはすぐに気にならなくなった。

カボチャだけに視線を集中させる。

どのくらい時間がたっただろうか、窓から入る陽《ひ》の光の角度が少し傾《かたむ》いてきた頃、庭に車の停まる音がした。

「オッサンが帰ってきた」

「ほんとだ」

ユウも窓に目をやった。

オッサンはすぐには階段を上がらず、母家の玄関をあけて一度中に入った様子だったが、ほどなくして、二階に上がってきた。

オッサンが教室に入ってくると、ベニヤ板でできたような手作りの小さな部屋はグラグラ揺《ゆ》れて、このまま建物ごと倒《たお》れるんじゃないか、と不安になる。

天井の低い小さな部屋ではオッサンはとても大きく感じられた。オッサンは新聞紙を広げたほどの大きなスチールの額《がく》を小脇《こわき》に抱《かか》えて、反対側の手にはおばあちゃんがよく食べているようなカステラに羊羹《ようかん》がはさんであるお菓子《かし》を持っている。ラップに包まれたお菓子に貼られた二九〇円の値札シールには赤マジックでバッテンがつけられていて、大きな文字で一五〇円と書き直されていた。オッサンは額縁《がくぶち》を裏返して部屋の壁に立てかけると「ほい、これ」と、床にお菓子をポイと置いた。

「おい。ぼちぼちやってるか」

ユウの描いている画用紙をのぞき込み、表情も変えず「ふん」と言う。それから、やっぱりどしどしと音を立てて、マコのほうにもやってきて、手元の絵をのぞき込んだ。オッサンからは相変わらず絵の具と土とパパとおんなじお酒のにおいがする。それから、お風《ふ》呂《ろ》に三日は入ってないな、と思った。

「おい、これを見ろ、すごいだろ」

オッサンはマコの絵については何も触《ふ》れずに、持ってきた額縁の表側が二人に見えるように黒板の前に立てた。

マコとユウは描く手を止めてそれを見た。スチールの額の中で、金髪《きんぱつ》の女の人が胸の大きくあいた白くてピカピカ光るドレスを着て微笑《ほほえ》んでいる。なぜオッサンがこんな大きな写真を見せたがるのかわからなかった。

「マリリンモンローだ。知ってるか。美人だろう、俺さ、昔から好きなんだ。俺が描いた。久々に鉛筆画を描いた」

「マリリンモンローってだあれ？　オッサン先生の奥さん？　なわけないよね」

「バカ、マコはマリリンモンロー知らないのか？　ユウは知ってるかい？」

「知らないです。きれいな人だけど。外国人でしょ？」

「アメリカの昔の女優だよ。マリリンモンローを知らないなんて、やっぱり子どもなんだな、おまえらは」

オッサンは心なしか照れくさそうにした。マリリンモンローを好きなことに照れているのか、描いたデッサンを見せることに照れているのかはわからなかったが、そんなことはどうでもいい。

二人はとにかくびっくりしていた。写真だと思っていたそれは鉛筆だけでオッサンが描いた、まぎれもない絵だったのだ。いつも、変な顔のお面や奇妙な動物の彫刻を作ったり子どもみたいな絵を描いたりしているオッサンが、写真のような、いや写真よりずっとリアルな絵を、しかも鉛筆だけで描くことができるのだ。白黒の絵のはずなのに、彼女《かのじょ》の髪の色が金髪で光った白いドレスを着ていることが、一瞬でわかったことも不思議だった。その絵からは金髪の輝きや、白のドレスのドレープの手触りまでもが簡単に想像できたのだ。

すっかり感心して絵を見ている二人に、オッサンは、「ほら、おまえらも描いてみろ」とうながす。

マコとユウはそれぞれの席で、もう一度カボチャを描き始めた。その間《あいだ》、オッサンは二人に交互《こうご》に声をかけた。絵を教える時だけはふだん口ベタなオッサンも、多少饒舌《じょうぜつ》になる。

「鉛筆デッサンはモチーフや描く気持ちによって、鉛筆の持ち方や使い方を変えるんだ。初めは力を入れずに。それから寝かせて。最初は柔らかい鉛筆。そうだな、２Bでいいか。あんまり力入れなくていい。力を入れることはないよ」

マコは夢中で描いた。オッサンは乱暴な言い方をしたし、マコの知らない専門的な難しい言葉をたくさん使ったけど、なぜかオッサンが横で見ていてくれると、とても絵がうまく描ける気持ちになる。

実際、ぼやけていたカボチャの絵が、オッサンの言うとおりに描いていたら、みるみる浮かび上がってくる実感があった。

「違う！　違う。徐々《じょじょ》に鉛筆の持ち方を変えるんだ。ここは短め！　鉛筆を立てて、細かな部分を見ろ。ここは3Hかな、使い方をわけるんだ。あーあ、だめだ、やっぱ、子どもはヘタくそだな」

オッサンは熱心に説明したかと思うと最後には「子どもはやっぱりヘタくそだ」と言うのだが、それはオッサン独特の言い方だった。

そりゃむかつくな、とマコもその時は思っても、描く気を失《な》くすことはなかったし、むしろもっと描きたくなるから不思議だ。

気がつくと窓の外は真っ暗だった。

マコは「もう完成でしょ？」と何度も聞いたが、オッサンは「どこが完成なのか言ってみろ、こんなの完成なわけないだろ」と取り合わない。絵の完成っていったい誰が決めるんだろう、でも確かにマコのカボチャのデッサンはマリリンモンローにはほど遠い絵でしかなかった。

そろそろ帰らないとママが心配するなあ、と思った時だった。窓の下から、「こんばんは」という声がした。

ママだ。心配して迎えにきたに違いない。

その声を聞いたオッサンは無言で階段を降りていった。しばらくママとオッサンは庭で何か立ち話をしているようだった。

トラブルになりはしないかと心配したが、ママの笑い声が聞こえたので大丈夫だ、と思った。ほどなくしてオッサンは教室に戻ってくると、「おい、帰れ」と言う。

「でもまだカボチャ、描き終わってないし」

マコが言うと、それには応えず、

「おまえさんのお母さんに、稲荷寿司《いなりずし》と日本酒もらっちゃったぜ、えへへ」

とめずらしく笑った。マコはなんとなくあきれて、帰り支度《じたく》をした。

「ありがとうございました。じゃまた来週」

かしこまって挨拶《あいさつ》するマコに、オッサンは床に転がって、誰も食べていなかったカステラのお菓子を拾って「お母さんに差し上げなさい」と差し出した。値段シール、剝《は》がしたほうがいいのではないか、と思ったけど、マコはそこには触れず受け取って「ありがとうございます」と、軽く会釈《えしゃく》をした。

屋根の上で靴を履《は》き、ユウと順番に階段をお尻から降りる。ふり返ると、庭にママが立っていた。あたりはすっかり夜になっている。お腹がすいていることにもようやく気がついた。

「ユウちゃんのお母さんも心配してるから、車で迎えにきたのよ。先生が、自転車は置いていっていいって」

ママは葡萄の門の外に停めてある車の後部座席に、マコとユウを乗せた。

ユウを送り届けて家に帰っても、夕ごはんを食べおわっても、マコの興奮はおさまらなかった。

ベッドの中でも今日のお絵描きは楽しかったなあ、とつくづく思った。

そして、この日がマコのお絵描き人生で、モノクロームの世界の中に初めて「色」を感じた日となった。それからマコは、マリリンモンローという女優も好きになった。マコは、心の底からデッサンがうまくなりたいと願うようになった。

4

夏休みの最初の日は雨だった。吉本太美術教室は夏休みは日曜日以外も教室を開放するので、マコははりきっていた。

マコは長靴でわざとぬかるみを歩くのが好きだ。水たまりには小さなカエルがいることもあるし、雨の日はなるべく下を向いて歩く。

「傘《かさ》で右手がふさがってるから転んだら大変だよ。よそ見しないで気をつけて歩きなよ」とママから出がけに言われたのはちゃんと覚えている。けれど今日のマコとユウはカエルは探さずに、ある秘密の計画について話し合いながら土手の上を歩いていた。赤い傘と青いしましまの傘が、二つ並んではずむように進んでいく。

オッサンは彫刻のほかにトラックの運転の仕事をしている。本人は「彫刻だけじゃ生活できないし、俺はなにしろ車の運転が好きなんだ」と言っていたけど、本当は美術の大学で彫刻を教えていたのにたびたびおかしな行動をするのでクビになったと、近所の人たちはうわさしている。週に二、三回オッサンはトラックの仕事に出ていた。だから夏休み中はオッサンがいない日でも吉本太美術教室の二階の部屋の鍵は閉めずに、マコとユウはいつでも出入りして絵を描いていいことになっていた。

ずっと前から、マコはオッサンの作った奇妙で美しいあの母家《おもや》の中にどうしても入ってみたかった。今日こそ実行の日だ。玄関の鍵は閉まっているけど、裏側にある小窓は鍵が閉まらずあいたままであるのを知っていた。

「まず、庭にある木箱を重ねてその上に私がのっかって、窓をあけて中に入るから、ユウちゃんは木箱が倒れないように押さえておいてね。で、私が家の中に入ったらユウちゃんは箱を元の場所に戻してほしいんだ。そしたら中から私が鍵をあける。合図するからユウちゃんは玄関のドアから入ってきて」

「マコ、オッサンほんとに帰ってこない？　そもそもそこまでして母家に入る必要ってある？　なんか泥棒みたいで気が引けるなあ」

「別にちょっと中を見るだけだよ。私たちもう何回もあの家に行ってるのに、絶対に母家の中に入れてくれないのってなんかあやしいと思わない？　しかも母家には、いろんなサイズの小さな窓がついているけれど、どれも外から中が見えない高い位置にあるし、なんかすごく秘密があるーって感じ。ものすごい作品があるのかも。きっとあのマリリンモンローみたいな絵もたっくさんあって、おもしろいに決まってる。それにあのオッサンのことだから、私たちが想像もつかないなんかすごいものも、隠してるかもしれないよ」

「すごいものって、なあに⁇」

「わかんないけど、見たこともないようなものだよ」

「うーん。そう言われるとなんか気になってきたな。でも、見つかってお母さんにチクられたらやばいなあ」

「オッサン、仕事は夕方までって言ってたし絶対平気だって！　三びきのくまみたいにベッドで寝るわけじゃあるまいし。あー、なんかドキドキしてきたなあ」

いつもしっかり者のユウだが、遊びやイタズラのアイデアを実行する時だけはマコが主導権を握《にぎ》っていた。ユウはあまり乗り気じゃなさそうだけれど、マコはそんなことはおかまいなしだ。

到着《とうちゃく》すると雨はだいぶ小雨《こさめ》になっていた。二人は二階のハシゴ階段を上がって教室に荷物を置いた。

「じゃあ、予定どおりにいくよ。まずは木箱のセッティングだよ。私が運んでくるからユウちゃんは、母家の裏に回って窓の下で誰か来ないか見張っててね」

「わかった。箱重くない？　一人で持てる？」

「だいじょぶ、だいじょぶ」

マコは傘もささずにビールケースくらいの箱を庭から運んで、ユウが待つ窓の下まで運ぶと、走って庭に戻り、もう一つ持ってきた。それをもう二度繰り返す。木箱が四つ。三つ重ねて一つは踏み台にするつもりだ。

「これを重ねたら、窓から入れる！」

ユウは、木箱を重ねて倒れないように念入りに位置をチェックした。

「マコ、いいよ。こうして私が押さえてるから、登ってごらん」

「あ、長靴どうしよう。ここで脱がないと中に入れない。木箱の上で脱ぐからユウちゃん玄関に運んでくれる?」

「マコ隊長は相変わらず、詰《つ》めが甘いなあ。わかった。計画変更《へんこう》ね」

踏み台にする木箱に足をかけると、マコは重ねた木箱の上によじ登った。ユウはしっかり押さえている。片方ずつ長靴を脱いで地面に落とした。

木箱の高さは思ったとおり胸の前に窓がくる位置だった。ユウが体重をかけて精一杯《せいいっぱい》の力で押さえても木箱はギシギシと揺れている。けれどマコはへっちゃらだ。

窓は木枠を下から上にスライドさせる仕組みになっていたので、マコは箱の上でしゃがんで、ガタガタと音を立てながら窓をあけた。

「あいた!! ほら、思ったとおり。やっぱり、鍵かかってなかった! ねえ、まわりに誰かいない? 大丈夫??」

「いない、と思う」

ユウはあたりを見回した。マコも木箱の上から確認すると、庭の至るところから白い素焼きの小人の像がこちらをじっと見ている。目があったので、マコがうなずくと、小人の彫刻もうなずいて見えた。

窓から中をのぞくと、真下にはちょうど作業机があって、本やノートが散乱している。

「マコ、気をつけて」

「わかった。私が入ったら、木箱を庭の元の位置に戻してね。それから玄関に来て。誰にも見られないように！」

「了解です！」

ユウは少し余裕《よゆう》が出たのか、おどけて応えた。

窓はあつらえたように子ども一人がスッポリ入れるくらいの大きさで、足からするりと室内に入ることができた。作業机の上に置いてある物をよけつつ、ぴょんとその上に飛び降りた。薄暗い家の中はカビ臭いすえたにおいに混じって、今までかいだことのないお線香のような香りがした。おじいちゃんの仏壇《ぶつだん》にあげるお線香のにおいとは違い、こしょうとニッキあめを混ぜたような、なんともエキゾチックなにおいだ。深呼吸してふり返る。

「わあ‼」

その光景をみて思わず大きな声が出た。

書斎のようなその六畳くらいの部屋の壁は、すべて天井近くまである高さの棚で出来ている。棚にはびっしり四つ足の奇妙な動物たちの焼き物と、河原で拾ってきたのであろう小石が無数に置かれている。動物の数はざっとみても百体はゆうにこえている。床には図《ず》鑑《かん》や小説、漫画《まんが》、雑誌と、ありとあらゆる大量の本が乱雑に平積みされている。何よりマコを驚《おどろ》かせたのは、ふり返ったマコのちょうど目線の先にあった電気の笠《かさ》だ。部屋を覆《おお》いつくすくらいの大きな笠に生成色《きなりいろ》の布地が貼られていて、そこにはさまざまな動物や生き物が黒いシンプルな線で描かれていた。以前見た何かと似ている気がする。それはテレビのドキュメンタリー番組で見た古代人が洞窟《どうくつ》に描いた絵だ。まるで古代のシャンデリアみたいだ。ユウを呼んだら電気をつけよう。この動物たちが光の中に浮かび上がったらどんなにすてきだろう！

すぐにでも探検したい気持ちを抑《おさ》えて机から飛び降り、書斎のような部屋を出ると、マコは隣の部屋に入り、まず玄関を探す。内鍵をあけて、ドアをそっと開いた。すぐに隙間からユウの顔が見えたので、手招いてユウを中に入れる。ユウは玄関で長靴を脱ぐと、隣にマコの長靴をていねいに並べた。

「ユウちゃん、すごいよ。すごいよ。あっちの部屋に古代遺跡のシャンデリアがあったよ!!」

「しーっ！　マコ、ちょっと落ち着いてよ。油断しないで。さっきマコの叫び声が外にいても聞こえたよ。小さな声でしゃべって！　まずはこの部屋から探検しよう」

「オッケーオッケー。そうだね。よし。これ、スイッチかな」

玄関をあけて土間の壁のすぐ横に、小さな銅色の先端《せんたん》のまあるいスイッチのようなものがある。マコはそれをパチリと上に上げた。ジーンジーンという機械音がして、天井にいくつか吊《つ》るされている裸電球がオレンジ色に明るくなった。今までシルエットでしかなかった部屋の全貌《ぜんぼう》が柔らかい光に照らされ浮かび上がる。

その部屋は思ったよりも広く、家具は真ん中に置かれたちゃぶ台のような机だけだ。木の節《ふし》の模様がくっきりと浮かび上がる黒く光る床板の上には、彫刻たちがあらゆる場所に静かに置かれている。それらは、今にも動きたそうだ。耳を澄《す》ませば息遣《づか》いが聞こえてくる。目を閉じてうずくまっている帽子《ぼうし》をかぶった坊《ぼう》やの焼き物も声をかければ、まぶたをひらいてきっと話しかけてくるだろう。

漆喰の壁には描きかけのスケッチや美しい形や色の絵が所せましと貼られていた。あの時のマリリンモンローのデッサンも立てかけられている。

その絵画たちに交じって、二枚の白黒の写真があった。一枚は若い日のオッサンの写真で、横にはエキゾチックな顔立ちの女性がいて、写真の中の二人はとても仲良しに見える。オッサンは長い髪を後ろで束《たば》ねてヒゲを生やしていて、引きしまった鋭《するど》い顔だ。今よりずっと芸術家に見えるな、とマコは思う。それから横の女性はきっと、近所の人たちがうわさしているオッサンの別れた奥さんだろう。もう一枚は二人の男の子がオッサンの彫刻を焼く窯《かま》の前で、楽しそうにカメラ目線でこちらを見ている。一人はマコよりも年上、中学生くらい。もう一人は小学校低学年、もしかしたら幼稚園児かもしれない。マコもユウも写真については何も口には出さなかった。

レンガやブロックを積み上げてその上に天板《てんばん》をのせただけのちゃぶ台の脇には、おばあちゃんの家にあるような草色と紫色《むらさきいろ》の座布団《ざぶとん》が二つ向かい合わせに置かれていた。ちゃぶ台の上には、ゴツゴツした無骨《ぶこつ》なあずき色のコーヒーカップに飲みかけのお茶が入っている。横には分厚《ぶあつ》いスケッチブックが開いたまま置いてある。そこには、筆ペンのなんとも言えない独特の線で描かれたセーラー服を着た女の子が描かれていて、ヘビがはったような例のオッサンの文字で「7月16日土曜日　土手で見た少女は目は大きいが脚《あし》は少し太い。」と添《そ》え書きがある。

マリリンモンローの精密なデッサンを描いた同じ人物とは思えない子どもが描いたようなその絵も文字も、目が離せない魅力がある。

「絵日記かな、これは見ちゃいけないね。人の日記は見たら失礼だよね。でも脚が太いだなんて、オッサンも失礼なやつだよね」

肩をすくめながらマコが小声でそう言うと、ユウも笑った。

「いや、無断で家に入るのはもっとダメでしょ」

「そりゃそうか。でも、やっぱり私が言ったとおりこの家の中、すごいでしょう⁉　ディズニーランドより楽しいし、スリル満点。ねえ、あっちにきっとキッチンがある。行ってみようよ。オッサンって一人暮らしでしょ。料理とかするのかなあ。何食べて生きてんのかなあ。お腹ぽっこりだし意外とグルメだったりして」

二人は、東側にある生成色の薄い帆布《はんぷ》で仕切られただけの台所に向かった。

「いてっ！」

ガチャガチャガチャガチャン‼

布をくぐったとたんマコは何かにつまずいた。床にびっしり置かれた無数の空《から》の酒ビンが、ドミノのように倒れたのだ。トリスと書かれた四角い顔のおじさんのイラストのラベルがついたビンが数十本、それに日本酒の一升《いっしょう》ビンもゴロゴロ転がっている。細長いスペースのその先には磨《す》りガラスの引き戸があり、手前の壁には窓が二つある。窓の下のタイル貼りの小さな水場には、オッサンが焼いたであろういびつな茶碗《ちゃわん》やお皿が重ねられていて、横にあるアルミ製の机の上には、カセットコンロが二台置かれている。小型の古い冷蔵庫も置いてあった。

「このキッチン、酒くさい」

ユウは倒れた酒ビンを片手で立て直しながら、もう片方の手で鼻をつまんだ。

「こりゃ、うちのパパよりのんべえだな、オッサン、アル中じゃん」

マコも倒れたビンを元に戻しながら、あきれ顔でもう一度「アル中だね」と笑う。カセットコンロの上にはフライパン代わりだろうか、油まみれの黒い石板《せきばん》がのせられていた。見上げると、窓のさらに上に板を渡しただけの吊り棚があり、使い古した土鍋《どなべ》や真鍮《しんちゅう》の鍋やミルクパンが重ねられている。カゴの中には土のついたままの玉ねぎやじゃがいもが無造作《むぞうさ》に入れてあり、しょうゆやみそ壺《つぼ》のような調味料も一通り置いてあった。

「意外と、食器も鍋もあるんだね。野菜も入ってるからオッサン料理するんだなあ」

「そうだね、わざわざ、にんにくも月桂樹《げっけいじゅ》も干してあるしね」

ユウが壁のほうを指さした。そこにはネットに入ったニンニクやら、枯《か》れた葉っぱやら、唐辛子《とうがらし》やらが魔除《まよ》けのように吊り下げられている。

「月桂樹ってなに？　あの葉っぱ？　食べ物なの？」

「マコ、知らないの？　マコはママのお手伝いしないもんな。シチューとかカレーとか作る時にお肉の臭みをとるのに入れる、いいにおいのする葉っぱだよ」

ユウはお姉さんぶった様子でマコにそう教えた。

「へえ、オッサンずいぶんこったもん使うな。おしゃれじゃん。そんなのうちのママ使ってんのかなあ」

「でも、スーパーで売ってるのとは違って、なんかその辺で取ってきた枝って感じだな、もしかしたら庭で育ててるのかもしれないね」

「だとしたら、もっとすごいな、オッサン。あんなにすごい絵を描いて、彫刻も作って、月桂樹も作るのか⁉」

「まあ、アル中で、変人だけどね」

そう言って二人で笑った。

その時だった。家の外で話し声がする。

「じゃあ、太さん、僕はもう帰るよ。困ったことあったら連絡してくださいね」

若い男の人の声だ。

「せっかく来たんだから、家によってけや、一杯やろうぜ」

「いや、僕、車だから」

「車だってかまうもんか。ビール一杯くらいどうってことないだろ」

「じゃあ、久々だし、お茶だけいただこうかな」

オッサンだ！

予定よりもずいぶん早い。仕事じゃなかったのかよ、とマコはあわてた。しかも誰かと一緒に家に入ってくるようだ。

とっさにマコは人さし指を口元に当てながら、もう一方の手で奥の磨りガラスの扉を指さした。

細心の注意で酒ビンを倒さないようによけながら、ソロリソロリと磨りガラスの扉まで行くと、扉をあけて中に入った。

そこでマコはまたうっかり大きな声を出しそうになった。

そこはなんとも奇妙なバスルームだったのだ。床は土間になっていて、壁は四方にタイルが貼ってある。タイルの一枚一枚には、青い絵の具で描かれたあらゆる表情をした人間の顔が焼きつけられていた。その中央にあるバスタブには、色とりどりのタイルと海辺に落ちているような角の取れたガラスが埋め込まれている。バスタブの上には、学校のプールにあるようなそっけない銀色のシャワーが取りつけられていた。二人はバスタブの中に小さくなって隠れた。

「ここ、お風呂場だったんだ」

「すごいね、人の顔だらけ」

「オッサン、なんでお風呂場にこんなたくさんの人の顔を描いたんだろう？」

「裸、見られたいんじゃない？」

「やっぱ、変態だね、オッサンはアル中でヘンタイ。でも、このタイル、すごくきれい」

マコはバスタブから半身を乗り出して、指で何度もタイルに描かれた絵をなぞった。その無数の顔の無数の眼に見つめられていることが、怖いけれど反面心地《ここち》いいことのように思えてくる。不思議な気持ちだ。

「マコ、きれいとか言って、感心しちゃってる場合じゃないよ、そもそもマコがオッサンは夕方まで帰ってこないって言ったんだよ！　だから私反対したじゃん！　どうしよう、お母さんに怒られる。見つからないで外に出れるかな」

二人が、コソコソと窓から出ようか、玄関からダッシュで逃《に》げようか、と脱出《だっしゅつ》方法を話し合っていたその時、玄関の扉が開く音がした。

「おいっ！　勝手に家に入ったな!!　誰がいるのかはわかってるぞ」

オッサンの声がする。二人はさらに身を小さくしてバスタブに隠れた。

「おい！　出てこい！　出てこないなら、よーし、俺が見つけに行くぞ！　お仕置き小屋に閉じ込めてやる！」

今まで聞いたオッサンの声の中で一番大きくて早口だ。

「ユウちゃん、私、出ていって、あやまってくる。私があやまってる間にユウちゃんだけ窓から逃げな。ユウちゃんはここにはいなかったことにする。私が一人で家に入ったって言う」

ユウを誘《さそ》ってしまったことに少なからずマコなりに責任を感じたし、こういう時は友だちを大切にしなければ。自分は白い象さんの首の彫刻と一緒に、お仕置き小屋に閉じ込められてもしかたない。そして、私ってなんて友だち思いなんだろう、よし、私が犠牲《ぎせい》になってユウを逃がすんだ、とまるで物語の主人公みたいな気分になった。そんなマコの胸の内を見すかしてあきれたように、ユウが大人びた口調で話し出した。

「あのね、マコ、やっぱマコは詰めが甘いよ。しかも常識もなさすぎ。まあ、私だけ逃がしてくれようとする気持ちはありがたいけど、よく思い出してみて。私たちの長靴、どこに置いたか覚えてる？」

「あっ」

「そう、玄関だよね、そしていま、オッサン、玄関にいるよね。そもそも、侵入者《しんにゅうしゃ》が私たちだってすでにバレてるし、もちろん私も一緒なのもすでに知ってるから！」

「ユウちゃん、さすが、あったまいいよな〜」

マコがのんきにそう言うと、ユウは怒ったようにバスタブからスクっと立ちあがると、スタスタとバスルームを出ていこうとしたので、マコもあわてて追いかけた。

観念して玄関に行くと、オッサンはギョロ目を見開いて立っていた。その後ろに、のりのきいたストライプのワイシャツにジーンズをセンスよく合わせた、黒ブチ眼鏡のスラリとした端正《たんせい》な顔立ちの青年が立っていた。

「おい！　おまえら勝手に人のうちに入るな！　窓から入ったな。絵は描いたのか⁉　サボったな！　いったい俺のうちで何をした⁉」

オッサンは興奮した様子で、矢継ぎ早にマコとユウに質問した。

マコとユウが何も言えずにうつむいていると、青年はやさしく微笑みながらマコの前にやってきて、マコの背丈まで腰を落とすと、頭にそっと手をのせた。青年から石鹼《せっけん》の香りがした。青年はマコの顔をのぞき込む。水面のように澄んだ瞳《ひとみ》が印象的だ。

「お嬢さん、太さんから、きみのうわさは聞いたよ。おてんばなお絵描きガールなんだってね。でも、どんな理由があっても勝手に他人のお家に入るのはよくないよ」

見も知らぬ人からそんなふうに言われて、マコはすっかり自分のしたことを後悔する。

肝心《かんじん》のオッサンに目をやると、ギョロ目は大きいままだ。

「おい、なんで勝手に入った？」

口ごもって下を向いていると、青年はオッサンからマコとユウを隠すように立つ。

「太さん。こんなに小さな子どもに大きな声を出すのはやめてください。怖がってるじゃないですか」

青年はふり返るとまたやさしい口調に戻った。

「お嬢さんたち、大丈夫だからね。あとは僕が太さんに代わりにあやまっておくから、今日はもうきみたちはお家に帰ったほうがいい」

ユウはふてくされた顔で下を向いて、玄関の上がり口の床を何度も蹴《け》っている。見も知らぬ人に自分のしたことを代わりにあやまってもらうなんて変だし、それにこのお兄さんが言うほど私もユウちゃんもオッサンを怖がってなんかいない。逃げたりしないで私があやまるべきだとマコは決めた。

「オッサン先生。ごめんなさい。私が入ろうって、ユウちゃんを誘いました。どうしてもお家の中が見たかったの。お庭にある彫刻や、前に見せてもらったマリリンモンローの絵みたいなすごいものが家の中に隠されてると思って、どうしても見たかったの。私、ここの生徒になる前から、ここのお家が大好きだったんです。庭の彫刻を見るとドキドキするし、いつも遠くから見ていて、いつかお家の中に入ってみたかったの。本当にごめんなさい。もう絶対しないから。お願い、ユウちゃんのお母さんには言わないでください。そりゃあ、できればうちのママにも言わないでくれたらうれしいんだけど。とにかくユウちゃんのお母さんには言わないでほしいです」

オッサンは少しびっくりしたような顔をし、それからため息をついた。

「もういい。わかった。今日はもう帰れ。明日ちゃんと二階の教室で絵をまじめに描くんだ。いいな」

それから青年に強い視線を向けた。

「おまえも今日は帰れ」

青年はその言葉には答えず、マコとユウを交互に見ながら「大丈夫そうだね。気をつけて帰ってね。また会えたらうれしいな」と微笑んだ。

「では、僕は今日は帰りますね。太さん、体には気をつけて」と言い残して、青年は葡萄の門から出ていった。

オッサンは青年の後ろ姿を見送ると、マコとユウに「ほれ、おまえらも早く帰れ」と言う。オッサンのギョロ目はもう小さくなっていた。ユウはオッサンに頭を下げると、マコのTシャツのすそを引っぱったので、マコはあわててふりほどいた。

「あの、ほんとにほんとに反省してるんだけど、もう私、死ぬまで二度とこのお家には入れてもらえないかもしれないから、そしたら一生後悔すると思うから、お願いがあるんです。オッサン先生の古代のシャンデリアの電気がついたとこがどうしても見たいので、見せてください！」

オッサンは口をあけて、今までで一番びっくりした顔をした。

「古代のシャンデリア？　ああ、俺の作った電気の笠か」

「うん、それ！　最後に電気つけて見ようと思ってたのに、見る前にオッサン先生が来ちゃって見つかっちゃったから」

オッサンは半分あきれて、なぜか半分うれしそうに少し笑った。

初めて見るオッサンの顔だ、とマコは思った。


ビー玉くらいの小さな素焼きのボールのついたヒモを引っぱると、笠の中に揺れる二つの電球に明かりが灯《とも》った。マコはユウにもこの光景を見せたかったと思った。オッサンがせっかく古代のシャンデリアを見せてくれると言ったのに、黙って帰ってしまったのだ。

この部屋には大きすぎるサーカステントのような形の笠に描かれた動物たちは、明かりに照らされてゆらゆら動いているようだ。真下から見上げると、白い蛾《が》が二匹《にひき》、テントの中を飛び回っては止まるを繰り返している。蛾の体は透《す》きとおっていて、まるでチュチュを着て踊るバレリーナみたいだ。マコは蛾のバレリーナのように手をヒラヒラさせて、クルクルと踊るマネをしながら話した。

「オッサン先生、見て！　動物たちのパレードの真ん中で、マエアカスカシノメイガのバレリーナが踊ってる。きれいだなあ。オッサンはすごいシャンデリアを作ったね。いや、

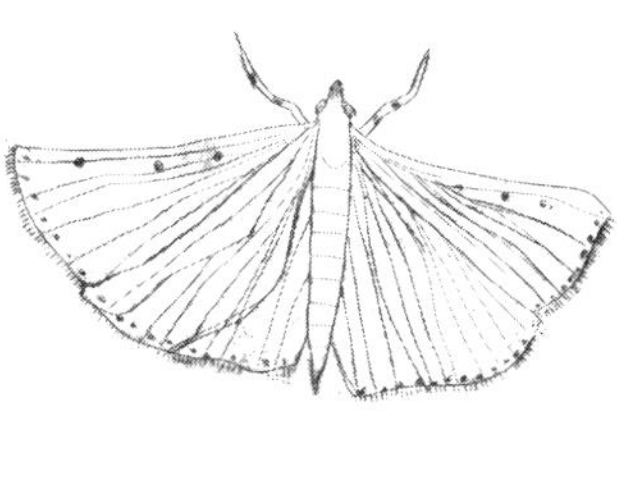

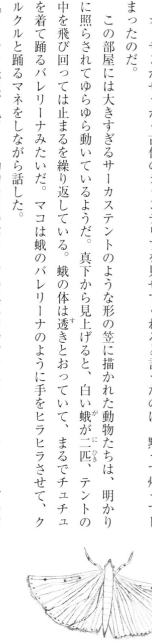

シャンデリアだけじゃなくて、どれもこれもすごいよ。お風呂場の顔も最初は気持ち悪いと思ったけど、見ていたらなんだかとっても不思議な気持ちになってきれいだなあって思ったよ」

オッサンは部屋に一つだけある椅子に腰かけて、マコの様子をおだやかな目で眺めていた。

「おまえら、風呂場にまで入ったのか⁉　まったく、どうしようもないやつらだな。俺より頭がおかしいな」

オッサンはしゃべる内容と気持ちが逆なことがよくあるのを、マコはすでに知っていた。だからオッサンに「頭がおかしい」って言われると得意な気持ちになる。担任の清水先生に「変わったお子さんです」と言われた時もクラスの友だちに「マコちゃんて変な子だね」と言われた時も、とてもいやな気持ちがしたのに、オッサンに「頭がおかしい」と言われてもちっともいやな気持ちがしない。

「オッサン先生は、どうしてそんなに絵や彫刻がうまいの？　やっぱりたくさん練習したんだろうね」

「そうだな。デッサンは何万枚も描いたし、粘土《ねんど》彫刻は作っては壊し、作っては壊し、何千回もやった。マコもちゃんとやれ」

「そしたらこんな作品ができるのかな。すごいなあ、こんなのが作れたら毎日が楽しいだろうな」

「俺は、バカだから好きなものしか描かないし、作らない。そのせいで、金がない。貧乏《びんぼう》なんだ。口が悪いから大学の仕事もクビになった。まあ、こっちからやめてやったようなもんだけどな。俺の前の奥さんは金に身を売って、息子を連れて出ていった。だから俺はこうして一人で彫刻作って酒飲んでる。わかるか？　マコ、お絵描きが好きって言ったって、甘いもんじゃないぜ。まあ、好きだからやってられるとも言えるがね」

「ふーん。オッサン先生の前の家族の写真、私見たよ。彫刻も好きだけど、家族も好きだから飾ってるんでしょ」

「バカか。好きなわけないだろ。いなくなってせいせいしてる。おまえらも、もう来なくたっていいからな」

　オッサンはやっぱりしゃべる内容と気持ちが逆だ、とマコは思う。

「オッサン先生はいつから絵を描いたり、彫刻を作ったりすることが好きになったの？」

　オッサンは古代のシャンデリアに目を向けて、少し考えた。

「そりゃ、生まれたその瞬間からだ」

「生まれた瞬間から？」

「マコ、じゃあ聞くが、おまえさんはいつからお絵描きが好きなんだ？」

マコは考えたこともなかった。私はいつから絵を描くのが好きなんだろう、なんで好きになったんだろう。

シャンデリアの二匹の蛾のバレリーナたちは、もう落ち着いてサーカステントの笠のふちでそれぞれ休んでいた。

それからマコはしっかりした口調で応えた。

「オッサン先生、私も！　ママから生まれた瞬間から絵を描くのが好きだったってこと、先生に聞かれて今思い出したよ」

「そうか。おんなじだな」

オッサンは静かにうなずいた。

大人になって、もしもピカソみたいな画家になれなくても、死ぬまでずっと絵を描いていられますように、とマコは古代のシャンデリアにそっと願った。

5

元旦《がんたん》のポストをあけるのはマコの役目だ。毎年誰からどんな絵や写真の年賀状が届いているか楽しみにしている。当のマコが描いた年賀状は郵便局の受付締め切りに三日も遅れてしまったので、今年はみんなに元旦に届かないだろうなとあきらめていた。吉本太美術教室で、割りばしを削って作ったペンを墨汁《ぼくじゅう》につけて植物を描くことを習ったので、今年の年賀状にはそのペンを使いドクダミの花を描いた。「年賀状にドクダミってちょっと季節外れだし、似合わないんじゃない？　桃《もも》とか梅とか、せめてチューリップにすればいいのに」とママには言われたけど、ドクダミの花は梅雨《つゆ》時にあちらこちらに、たくさん咲《さ》いていて、きれいだと思ったので選んだ。

ポストをあけると、四センチくらいのハガキの束が輪ゴムでまとめられて届いていた。

「年賀状きてたよ」とリビングに持っていくと、パパが日本酒とかまぼこで上機嫌《じょうきげん》だ。アップル犬も新年の朝にウキウキして、いつもよりうれしそうに見える。

「おお、ありがとう。さあ、今年はマコには何枚きてるかな？」

パパは年賀状を受け取ると輪ゴムを外して、「これは、ママ、これは僕、これはマコ、これは三人家族に」と言いながら、テーブルの上に並べていった。

「パパはいいなあ、いっぱいだね。毎年パパが一番だね」

「僕にはお仕事の人からばっかりだからなあ、ウソっこの一番かもね」

「私には、今年は六枚きた！　あっ！　オッサン先生からもきてるよ」

マコ宛《あて》のオッサンからの年賀状には、夏にオッサンの家でこっそり見た絵日記にあったセーラー服の少女とそっくりな女の子がカボチャを持って立っていた。にじんだインクの線で描かれた少女の右端に「謹賀《きんが》新年《しんねん》」とある。

パパはその絵を「マコのドクダミもさることながら、このカオス感はたまらないね」とじっくり眺める。マコはカオスって言葉は初めて聞いたけど、難しそうな言葉だな、と思った。

「でも、オッサン、今日うちに来るんでしょ⁉　年賀状が届いたけど、すぐに本人に会うんだなあ」

お正月の親戚《しんせき》の集まりは毎年三日なので、昨年まで元旦は家族三人だけで過ごすのが恒例《こうれい》だったけど、一人きりのお正月を過ごすだろうオッサンをママが気にかけて、今年は一緒に過ごすことを提案したのだ。

テーブルにはすでに黒くつややかなお重に入ったおせち料理が並べられている。鯛《たい》に海老《えび》、伊達巻《だてまき》に黒豆、紅白なますやクワイなど、どれもおいしそうで華《はな》やかだ。ママは四人分のおはしと取り皿をテーブルに並べた。

「吉本先生、お誘いしても来てくれないかな、と思ったけど、とってもうれしそうに、行きますって言ってくれたの。だって元旦に一人じゃ寂しいよね、そりゃ」

もともと高校の数学教師だったママはあっさりした性格で、誰とでも分けへだてなくつき合い、マコの小学校の保護者会でもいつも中心にいた。教師をやめた後も、不登校の子や学校になじめない子の家庭教師をボランティアでしているような人だ。吉本太が家族を失って内心は寂しいに違いないとずっと心配していた。

「今年はママが先生を呼んでくれたおかげで、うちも楽しいお正月になりそうだな、なあ、マコ」

パパの言葉に、マコは元気にうなずいた。自分のうちにオッサンがやってくるなんて、ちょっと不思議な気がするけど、オッサンと一緒のお正月かと思うとなんだか楽しい。

ほどなくして、玄関のチャイムが鳴った。マコは走って玄関の扉をあけに行く。ネズミ色の毛玉だらけの着古したセーターにヨレヨレのベージュのジャンパーを着て新聞紙に巻かれた一升ビンを抱えた吉本太は、少し照れくさそうに立っていた。

「あけましておめでとうございます！」

マコが勢いよく挨拶するとオッサンはおめでとう、とは返さずに、かしこまって「今日はお招きいただきありがとうございます」と頭を下げた。パパも玄関まで出てきて、「あけましておめでとうございます。いつもマコがお世話になっております。さあ、どうぞ、どうぞ」と中に招いた。

ママとマコはりんごジュースで、パパとオッサンはビールで乾杯《かんぱい》した。リビングのボタニカル柄《がら》の明るい色のカーテンの模様や、白いレースのテーブルクロスと既製品《きせいひん》の整った形の薄張《うすは》りグラスを持つオッサンを交互に見て、なんて似合わないんだろう、とマコは思った。部屋の白い明かりもオッサンには明るすぎるように思える。ここで見るオッサンは、タイムスリップして現代にやってきてしまった原始人みたいだ。それでも元旦のオッサンはとても楽しそうだった。いつもより、よく笑ったし、ママの作ったおせち料理も「おいしい、おいしい」とたくさん食べた。

「前の家族ともおせちなんて食べたことないから、子どもの時以来だ」と日本酒を飲む。オッサンは料理の入った器《うつわ》の一つ一つに興味があるようで、持ち上げて、底を確認したり、少し目線を離して眺めたりして「この九谷焼《くたにやき》の絵付けはいい柄だな」とか信楽焼《しがらきやき》がどうの、といちいちコメントをするので、「大した物ではないのですよ」とママが恐縮《きょうしゅく》するくらいだった。

パパとオッサンは意気投合して芸術の話や読んでおもしろかった本のこと、植物の話をした。二人の誕生日が同じ日で同じ歳《とし》だという、ありそうでなさそうな偶然がわかると、パパは突然、神妙《しんみょう》になり、こんな話を始めた。

「吉本先生と僕は同じ年の同じ日に生まれたんですね。僕は占《うらな》いとかスピリチュアルとかその類いのことを信じる性格でもないのですが、これはなんだか見えない誰かにイタズラをされてる気持ちになりました。僕は幼い頃から本当は芸術家になりたかったんです。絵を描いたり詩を書いたりするのがとても好きな子どもでした。けれど、才能も足りなかったし、大学を出た後、芸術ではとうてい食べてはいけないと周囲からも反対され、長男だということで親父の家業《かぎょう》を流れで継《つ》ぐことになった。今は家族がいるし、小さい会社ながら社員たちの生活も背負っています。でもこれは、まるでおかしなことを言うようですが、もしかしたら、吉本先生が僕で、僕が吉本先生だったかもしれない、と今、突然思ったんです。僕たちの生まれたあの日、もし産婆《さんば》さんが赤ちゃんを取りあげる時にくしゃみをしていたら、もし晴れるはずが雨降りだったら、もし潮《しお》の満ち引きのタイミングが少しでもズレていたとしたら、僕はあなただったかもしれない。本当におかしな話を言ってしまってすみません、酔《よ》ってますね、僕」

二人はビールと日本酒ですっかり酔っぱらっていた。

マコもじっとパパの話を聞いていた。

そんなパパの話をオッサンがどう感じたのかは、まったくわからなかった。ずいぶん酔っている様子で、それでも相変わらずおいしそうに酒を自分のグラスに注《そそ》いでは飲んで、ぶつぶつひとり言を言っている。何を話しているのかはわからない。それでもママは台所とテーブルを行ったり来たりしながら、とてもじょうずに二人の酔っぱらいの会話に相づちを打ったり笑ったりしていた。

正月のめでたい宴《うたげ》は、昼から夜まで続いた。

パパが居眠《いねむ》りを始めた頃、オッサンは聞かれてもいないのに、ゆらゆら体を揺らしながらポツポツ話をし始めた。

「今日は楽しいなあ、正月をこうして誰かと過ごすのは久しぶりです。前の奥さんは俺と違って商売人で美人だから、青山あたりでビル建ててうまくやってますよ。

俺には二人の息子がいて、みんな俺を恨《うら》んでいなくなった。長男はバイク乗りで札付きの悪《わる》、でも今は立派な大人になって母親のとこでしっかりやってるし、次男坊《じなんぼう》は勉強がよくできるらしくて、慶應《けいおう》大学に入って、女にもモテるんだ。アイツだけは呼んでもないのに時々俺のところに遊びに来る。俺は若い頃は世界中を旅してはちゃめちゃに暮らしてきた。で、こうして酒を飲んで、いい新年です。マコのママは俺の前の奥さんにちょっと似てる。美人だなあ」

マコはオッサンの話を興味深く聞いていたが、ママを美人だと言ったので、なぜかなんだかちょっといやな気持ちになった。ママは気にも留めずにニコニコして空《から》の食器を片づけながら、

「それは、二人も息子さんがいて頼《たの》もしいですね。それに世界中旅したなんてうらやましいわ。今度話を聞かせてくださいね。パパも私もマコが吉本先生のところに行って、ずいぶん楽しそうに絵を描いているので感謝してるんです。ちょっとマイペースなところのある子だから、ご迷惑もかけてるでしょう？　これからは家族ぐるみでお付き合いさせてください。先生が遊びに来てくれたら、マコもこの人も喜びますから」

と返した。

けれど、ママが話し終わる間もなくオッサンはテーブルに突《つ》っ伏《ぷ》して寝てしまった。

「ママ、オッサン、聞いてないよ。寝てるよ」

マコはオッサンの頭を軽くポンポンとたたいた。

「あーあ。酔っぱらいって本当にどうしようもないねえ」とママはあきれて笑った。それから、パチパチパチンと大きく手をたたいた。

「はーい。二人とも、向こうにお布団《ふとん》敷いといたから寝てください!!」

二人の耳元で大きな声を出すと、ママはあっという間《ま》に、酔っぱらいたちを寝かしつけてしまった。

次の日の朝、すでにオッサンの姿はなかった。客間の布団はきれいに畳《たた》まれていて、テーブルの上には、スーパーの広告の裏に書かれた置き手紙があった。

「ご馳走様《ちそう》でした。おせち、美味でした。今年もよろしくお願いします。　太」

そこには昨日食べた伊達巻とクワイの絵が添えられていた。

オッサンが帰ったその日の午後、パパと凧上《たこあ》げをする。頰に受ける風は、冷たいけれど、それはまっさらな生まれたての風のように思えて心地よい。マコとアップル犬は、土手の上のまっすぐ続くあずき色の道を走る。凧糸はピンとはって、大きなやっこさんは大空を自由に泳ぐ。

「おーい。ころぶなよー、あんまり速く走るなよ、マコ。追いつけないよー」

「パパー！　このままオッサンのところまで行こうよ！」

パパがマコたちの後を追いかけてくるので、うれしくなってスピードを上げる。

「よーし。行くぞー」

パパはあっという間にマコをつかまえた。マコは凧糸をたぐりよせてやっこさんをパパに手渡すと、二人と一匹は教室のほうへ並んで歩き出した。

しばらく行くと、こんもりした森に、屋根の上の大きな足のオブジェが見えてきた。

「オッサンセンセー‼」

土手の上から美術教室のあるほうに向かって、マコはパパがびっくりするくらい大きな声で叫んだ。この距離《きょり》ではオッサンには聞こえるはずはない。

「オッサンセンセー‼」

今度はパパが叫んだ。マコよりずっと大きな声だった。マコが笑うと、パパも笑った。

アップル犬もワンワン吠《ほ》える。

「おーい！　オッサン先生ー！　今年もよろしくお願いしまーす‼」

手をふって楽しそうにはしゃぐマコを、パパはヒョイと持ち上げて小脇に抱えた。左にやっこさん、右にマコを抱えたパパは「ブーン、ブーン」と言いながら家のほうへと走る。

アップル犬も並んで走る。

「わーい。飛行機だー！　行けー！」

マコが小さな頃から大好きな飛行機ごっこだ。けれど五十メートルもいかないうちに、マコは地面に降ろされた。

「ああ、疲れたあ、もうギブアップ。マコはもうすぐ五年生になるんだもんなあ。ずいぶん大きくなったね、もう、僕は走れないよ。飛行機ごっこも今年が最後かな」

息を切らして、パパは笑った。マコは来年も再来年も、ずっとパパと飛行機ごっこをしたいのにな、と思う。

マコとパパは手をつないで、家までの道を歩いた。

新しい年の空には雲一つない。澄んだ青空はどこまでも広がっていた。

6

冬を越《こ》したナナホシテントウ虫の卵がかえる頃、すっかり河原の野花も元気に咲きだす。マコとユウも五年生になった。

新学期を迎え各クラスから二名ずつ、それぞれ自分が担当になった委員会活動に参加しなくてはならない。マコは本当は放送委員になりたかったけれど、じゃんけんで負けて給食委員になった。

委員会が行われる予定の教室の扉をあけると、すでに新五、六年生が席についていた。窓側の後ろの席にユウの姿があった。ユウはマコに気づかない様子で窓の外を眺めている。校庭では下級生たちが楽しそうに鬼ごっこをしている。

ユウちゃんも給食委員なんだ、マコはうれしくなったけれど、ユウには話しかけずに一番前の真ん中の席を選んで座った。マコは前のほうの席が落ち着くし、先生と話がたくさんできるので、自由に座っていい時は必ずそこを選んでいる。

その日は初めての委員会活動だったので、みんな少し緊張しているようだった。

担当の先生は小野《おの》先生という若い女の先生だった。初顔合わせだったのでそれぞれ自己紹介をした。

そのあと先生からこれからの活動内容についての話があった。エプロンチェックや残飯調べ、配膳《はいぜん》の手伝いなどが主な活動だった。その中でマコがおもしろそうだと思ったのは、低学年に栄養について紙芝居《かみしばい》をしに行くというものだけだ。

先生が黒板に書いたことをみんなお行儀《ぎょうぎ》良くノートに書き写していた。マコも、同じように給食委員会のために下ろした新しいノートに、できるだけていねいに書く。後ろをふり返ってチラリと見ると、ユウと目があったのであわてて前を向く。

「ノートに書き写したら、四人ずつグループになって他に給食委員会でどんなことができるか話し合いましょう」

小野先生の指示で、三つのグループに分かれて話し合いを始めようと机の移動をする。ユウとは別のグループだった。

マコが同じグループになった西岡修《にしおかおさむ》の近くへ机と椅子を運ぼうとしたその時だった。

「先生、俺こいつと一緒のグループはいやです」

西岡修はマコを指さして大きな声を出した。みんないっせいにマコを見た。六年生の西岡修とは話をしたことはないが、去年の運動会で応援団《おうえんだん》をしていて、まわりの女子がイケメンがいると、わざわざそばまで見に行ってキャーキャー騒いでいたので、なんとなく顔は覚えていた。

小野先生がなにか言おうとしたけれど、その前に西岡修はこう続けた。

「俺、おまえのこと知ってるぞ。毎週日曜日になると屋根に変なでっかい足がのった家に通ってるだろ。あいつ、成田夕夏《なりたゆうか》も一緒に歩いてるの見たぞ！　おまえはともかく成田夕夏はもっとまともなヤツかと思ってたけど、おまえらやっぱ変わりもんだな」

マコがユウを見ると、ユウはすでにまっすぐ立って西岡修をすごい形相《ぎょうそう》でにらみつけていた。

ユウは、こういう時言いたいことを言葉にせずじっと黙っている子どもだ。決して涙《なみだ》も見せない。

修はその目線には気づかないのか、トーンをあげて話し続けた。

「俺のお母さんが言ってたけど、あそこにいるおじさんは頭がおかしいから絶対近づくなって。おまえの親もよくもあんなところに平気で子どもを行かせて、どうかしてるってさ。あのおじさんの息子は俺の兄ちゃんと同じ高校出身だけど、暴走族に入っていて何度も警察に捕《つか》まってたって今でも有名らしいぞ。親が親だから子どもも子どもなんだって。しかもあのおじさん、ボロ小屋に住んでいっつも汚い服着て変な目つきして土手を歩いてるだろ。おまえらみたいな変人ジジイの仲間と机くっつけるの俺、絶対いやだから！」

マコの心臓は今まで聞いたことのないくらい大きな音で鳴り出した。全身のすべての血液が顔のあたりに一瞬で集まってくるのが、自分でもわかった。

それから先のことはあまり覚えていない。

自分よりもずいぶん体の大きな上級生に机を乗り越えて飛びかかってタックルし、そのまま馬乗りになって修が手に持っていたアルミ製のペンケースを窓から投げ捨てたというのだ。

マコが気がついた時、西岡修はわんわん泣いていて、数人の六年生が彼の近くに集まってなぐさめていた。修のおでこには引っかき傷ができて、少し血がにじんでいる。他のまわりの子どもたちは、いっせいになんとも言えない目でマコを見ている。

ユウはさっき立っていた場所で、マコが見た時と同じ格好のまま、下唇《したくちびる》を噛《か》みしめて一点をにらみつけていた。

マコは声をあげて泣きたい気持ちだったが、みんなの前で絶対に泣きたくなかった。けれど、ちょっとでも声を出したら涙があふれてしまいそうで、何も言わずに教室を走って飛び出した。

「海老原麻子《えびはらまこ》さん！　麻子さん！　教室に戻りなさい！」

かん高い小野先生の声が廊下《ろうか》に響いた。

ママが学校に着いた時は、担任の清水先生と小野先生、西岡修とその母親が五年一組の教室にいた。マコもその輪の中にポツリと座っている。

とうに下校時間を過ぎていたので、他の子どもたちは誰もいなかった。マコの隣に用意された椅子にママが座った。

ママは修のおでこのばんそうこうに目をやった後、マコをじっと見つめた。

それから姿勢を正すと「いったい何があったのでしょうか」と静かな口調でたずねた。

「聞きたいのはこっちのほうよ！　修のおでこの傷！　おたくの子がやったんですってね。しかもペンケースをうばって窓から投げたなんて！　変わってるお子さんだと聞いてはいたけど、女の子のくせに暴力振《ふ》るうなんて。いったいお家でどういうしつけをしてるのかしら⁉　先生もいたところで起こったっていうじゃないですか。だから若い先生は困るのよ。ちゃんと見ていてもらわないと！」

修のお母さんが声を荒《あら》らげて机をバンバンたたきながらまくしたてていると、隣にいた修がおでこを押さえながらまたシクシク泣きべそをかきだした。もう片方の手で、へこんで形の変わってしまったミッキーマウスのペンケースをひざの上で握りしめている。

「痛かったよね、怖かったね、もうお母さん来たから大丈夫だからね」

息子の頭をなでながら、修の母親はママをにらみつけた。

ママは一回呼吸を大きくした。

「そうでしたか。うちの娘が大切な息子さんにケガをさせてしまい本当に申し訳ありませんでした。今後絶対にないように家で厳しく言って聞かせます。ペンケースも弁償《べんしょう》させてください」

それから深々と頭を下げた。

マコは西岡くんを引っかいたのも、ペンケースを窓から校庭に投げたのも私だから、にらむのもどなるのもママじゃなくて私にしてほしい、それに、西岡修が先に私を仲間はずれにして傷つけたんだ。そう思ったとたん、横から伸びてきたママの手に頭を後ろからグイッと押されて、マコも頭を下げる格好になった。

「マコ、修くんになんて言うの⁉」

ママの厳しい口調よりも、頭を押すママの手の力が思ったよりも強いことに、マコは少なからずショックを受けた。

「西岡くん、ごめんなさい」

こんなにくやしくて、私だって言いたいことがあふれるぐらいあるのに、マコはなんとかこの言葉を選んでそれだけを口にした。

西岡修はまだメソメソしながら赤ちゃんみたいに、うん、とうなずいた。

修の母親はほんの少し口角をあげて首を伸ばして、ママを上から見下ろした。

「二度と、このようなことがないようにお願いしますね。それから、よそのおたくの教育方針に口出すつもりはないけど、土手沿いの美術教室の吉本さんって方、近所の有名な要注意人物だってことはご存じですよね。朝から酒臭いにおいさせてふらふらしたり、河原で女子高生をじっと見つめていたりするってうわさを知らないの？　あんなところに通わせるなんておやめになったほうがいいんじゃないかしら。芸術家だっていうけれど、意味不明な置物ばかり庭に置いて、藝大出だっていうのも本当なんだかどうだか。おたくのお嬢さんもこうしてすでに悪い影響《えいきょう》を受けてるようですし。ねえ」

ママは長いまばたきを一回した。それから「はい。ご心配くださってありがとうございます」とだけ答えると、もう一度深呼吸をした。

修の母親は今度は体を清水先生と小野先生に向けると、また机をたたき始めた。

「で、学校としては、どうしてくれるんですか⁉　こんな暴力を平気で許しているようなら、今後の対応を考えなくてはいけないと、主人とも話してきましたから」

「お母様のお気持ちはごもっともです。管理職にも報告して、若い教員の指導をしっかりいたしますので、今回は本当に申し訳ありませんでした」

清水先生も頭を下げた。

小野先生はずっとうつむいている。まだ教員になって二年しか経《た》っていないし、おとなしく、華奢《きゃしゃ》な体で声も小さいからか、男子にからかわれたりしている姿を廊下で見かけたこともある。

「で？　現場にいた当のご本人の小野先生からは何も謝罪がないようですけど、ご自分の責任、あなた、わかってんの？」

さらに語気《ごき》を強めて、修の母親は小野先生に詰め寄った。

マコはやっぱり、これは私がやったことで小野先生のせいでもママのせいでもない、ましてやオッサンのせいでもない。どうなるなら私だけにしてくれ、どうしても今ここでそのことを言わなければならない、と覚悟《かくご》を決めて声に出そうとした。

その時、小野先生が顔をあげた。震《ふる》えているがいつもより大きな声だった。

「私がしっかりしていないせいで、今回のことを止めることができず本当に申し訳ありませんでした。もっときちんと指導していたらこんなことにはならなかったと思います。麻子さんが修くんを引っかいたことも、ペンケースを外に投げたことも絶対にあってはならないことです。麻子さんもこうして厳しく注意を受けて反省したと思います。でも麻子さんがどうしてそんなことをしてしまったのか、ちゃんと麻子さんの話も聞いてあげるべきだと思います。だって」

すると今度は小野先生の話の途中で、その言葉にかぶせるように清水先生があわてて話し出した。

「とにかく本当に申し訳ありませんでした。その場にいた子どもたちにもヒアリングをして今後このようなことがないように、しっかりホームルームで話し合いをさせますし、修くんの担任はもちろん、管理職にも必ずこの件は伝えます。小野先生も着任して三年目、若さゆえ右も左もわからない状況《じょうきょう》ですから、どうか今日はお許しください」

それを横で聞いていた小野先生も一緒に頭を下げた。

それから小野先生は、ななめ向かいに座っている修に目をやり、机の上に置かれた修の手に自分の手をそっと重ねた。

「修くん、どうして麻子さんが修くんを引っかいたか、理由、わかるよね？」

小さな声でやさしくたずねた。

修は何も答えずうつむいていた。

話し合いが終わると、もうすでに小学校の正面玄関は閉まっていた。職員室の真向かいにある職員専用の出口をあけて、ママとマコは子どもたちがふだんは使わない黒い鉄の門を抜けた。学校から家までの道はいつもと違う景色に見えた。マコは涙が止まらなかった。オッサンを変人ジジイだと言われたこと。パパやママの悪口を言われたこと。みんなの前で指をさされて仲間はずれにされたこと。顔がすごく熱くなって自分が自分じゃないみたいになった。ユウを教室に一人残して自分だけ逃げ出した。ママが自分のしたことのせいであんなに深く頭を何度も下げている姿。いつもと違う小野先生の声。西岡修のおでこににじんだ血の赤さ。マコの頭の中をそれらがグルグルと順番に回る。

マコはもともとひょうきんで明るい性格だ。周囲からも無邪気《むじゃき》な子どもに見える。でも、マコは学校にいる時、いつもなんとなく、疎外感《そがいかん》のような、違和感《いわかん》のような、他の子と違って、ひとりだけみんなから冷たい目で見られているのをほんの少しだけおぼろげに感じていた。でもそんなことは気のせいだろうと思うようにしていた。それが今日、西岡修に言われた一言で、不安に思っていたことが、マコの中ではっきりと現実になった。私はみんなから疎外されている。それは私が変な子だからなんだ。でも他の子と比べて何が違って、どこが変なのか、いくら考えてもわからなかった。自分の思う「普通」と他の人の思う「普通」が異なることが悲しい、と思った。

「私、仲間はずれにされたんだよ。オッサンのことも変人ジジイだってバカにされたんだもん。どうしてあやまらなければならなかったの？　なんで、ママまであやまったりするの？」

マコは目に涙をいっぱいためて、しゃくりあげながらママの横顔を見上げた。

ママは歩みを止めると、しゃがんでマコの肩に手をかけた。

「あのね。マコ。理不尽《りふじん》だと思うことがあった時、暴力ではなくて別の方法で相手に向き合ってほしいの。それから、人はあやまりたくなくても、たとえどんな理由があったとしても自分がやってしまったことに対して向き合ってちゃんとあやまらなくてはいけない時もあるのよ」

ママはマコの汗ばんだおでこにはりついた前髪をかきあげながら話を続けた。ママはマコに大切な話をする時にたいていそうする。だからマコも一言も逃さないように聞く。

「私が西岡くんにケガをさせちゃったから、それは悪いことだと思う」

「そうね。どんな理由があっても暴力で相手を傷つけることはしないでほしいとママは思う」

「じゃあ、そうではない別の方法って、どうすればいいの？」

ママは少し考えてこう答えた。

「それは言葉かもしれないし、マコの大好きなお絵描きかもしれない。そう、マコにはお絵描きがあるじゃない！　マコがどうして悲しくていやな気持ちになったのか、ちゃんと西岡くんやみんなに暴力以外の方法で伝えることができたなら、きっと今、マコもこんなに傷ついていないかもしれない」

「そうかもしれないけれど、でも、私、指をさされて向こうへ行けって言われた時、とてもつらくて悲しくて、顔が熱くなって体が勝手に動いちゃったの。教室にいるお友だちがみんな怖い人に見えたの。もうこんな怖い思いは二度としたくないよ」

　この気持ちを、言葉やお絵描きで説明したりするなんてできそうにない、とマコは思う。できそうにないけど、そうできたらいいな、とも思う。西岡くんを引っかいて傷つけてもマコの気持ちは晴れることはなかったし、何も解決することはなかった。それどころか西岡くんのおでこににじむ赤い血を見た時、疎外感を上塗《うわぬ》りするように、さらにマコの心は傷ついたのだ。

　ママはマコのその気持ちを察したようにやさしく笑って、マコの体を両手で引き寄せた。

「マコは吉本先生の彫刻を見て楽しくてうれしい気持ちになるって言ってたでしょう？　それに、先生に初めて出会った時、怖そうだし変な人って思ったけど、作品を見たらいっぺんに大好きになったんでしょう？　西岡くんにもそのすてきさを教えてあげなくっちゃ。きっと西岡くんは知らないからそんなふうに言うのかもよ」

マコは西岡修や学校のみんなが吉本太美術教室にやってきて、オッサンの彫刻や絵を見て目をまんまるくする姿を想像した。私の好きなものをみんなも好きになったら、どんなにうれしいだろう。もしかしたら西岡くんとも仲良くできるのかな。

「マコがきれいだな、好きだな、と思うものを見つけたらみんなにも教えてあげようよ。もしも一所懸命に伝えてみて、どうしてもわかってもらえなかったとしても、それでも人を傷つけてはいけません。伝えること、表現することをあきらめないでほしいの。マコはそれができる子だと思うから」

ママはマコの目の奥をじっと見つめて、マコの手を握る。

「それからマコは変な子じゃない。ユニークって言葉知ってる？　『唯一無二《ゆいいつむに》の特別な存在』って意味なのよ。マコは変な子じゃなくてユニークな子だとママは思うよ」

「そうかな、私はユニークな子なのかな」

「そうよ。マコはユニークな子。マコにしかないユニークさを大事にしないとね」

「わかった。私、何があってもボウリョクはしない。ママも悲しむし、私も悲しいから。あとは、言葉でとか、お絵描きでとか、うーん、どうしていいかわからないけど。でも私、仲間はずれにされたり、いやな気持ちになった時、それをちゃんと伝えたいと思った」

マコはうなずいた。全部を理解できたわけではないし、納得できたわけでもない。けれどヒョウゲンをあきらめない、と思った。

ミドリ公園の角を曲がる頃、口をぎゅっと閉じて、目をつぶって、それからマコは泣きやんだ。

公園では中学生の女子たちが、石造りのベンチに腰かけて楽しそうにおしゃべりをしている。砂場の上の藤《ふじ》は藤棚にツルをクネクネと巻きつけ、その先端には新たな黄緑色の芽を出している。

「そろそろつぼみがふくらんでくるね、マコは幼稚園の頃、藤の花の下でお砂のお城を作るのが好きだったっけ。他のどの子よりも大きくてすてきなお城を作って、みんなをびっくりさせてたんだから」

ママが藤の木をなつかしそうに眺めた。

見上げると、空も藍《あい》と緑を混ぜたような色に変わっていた。この色は晴天の日の夕方と夜の境目《さかいめ》の一瞬にしか見ることができない。

すぐに消えてしまうけど、マコの一番好きな色だ。

夕方と夜の間の美しいその空に、カラスが鳴いて遠くへ飛んでいった。

7

夜ふかしした次の日の朝はまぶたが重い。マコは洗面台の鏡の前ではれぼったい目を両手でこすると、顔を洗った。給食委員会での事件以来、マコは子ども部屋で夜遅《おそ》くまで考えごとをしたり、一人でお絵描きをしたりして遊ぶことが多くなった。昨晩もずいぶん遅くまで部屋の明かりが消えていなかったのを、ママもパパも心配していたが、あえて声をかけたりうるさく注意することはせず見守ることにしていた。

洗面台で冷たい水に触れると頭の中がクリアになる。マコは歯磨《はみが》きをし終わるまでその香りに気がつかなかった。マーマレードケーキが焼けるにおいだ。廊下に飛び出すと鼻を上に向けてクンクンとかいだ。するとアップル犬もうれしそうにしっぽをふって、マコに駆け寄ると足元にからみついた。

香《こう》ばしくて甘ずっぱい幸せなにおい。

キッチンの引き戸をあけると、思ったとおりケーキを焼くママの後ろ姿が見えた。マコは黄色のパイル生地《きじ》のパジャマ姿のまま駆け寄って、ママの隣から手元をのぞき込む。

「わあ、ケーキが二つもある!」

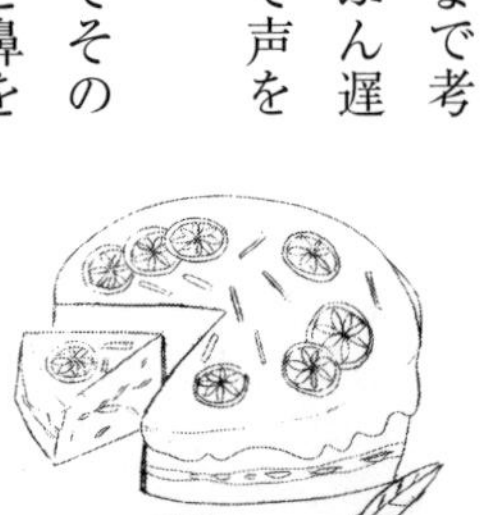

「おはよう。ねぼすけマコちゃん。今日は父の日だからマーマレードケーキを焼いたよ。このケーキにクリームを塗るから、着替《きが》えて、朝ごはんをちゃんと食べてから、手伝ってちょうだい。仕上げの飾りは砂糖漬《さとうづ》けの輪切りのレモンにしましょう」

「そっか。今日は父の日だね、私、ちゃんとパパにプレゼント準備してあるよ。昨日、夜遅くまでかかって描いたんだあ。夜ごはんの時に渡すつもり。でもさ、ママ、どうしてケーキを二つも作ったの？」

テーブルの上にはこんがりと焼けたまあるいケーキのスポンジが、二つ並んでそれぞれお皿に置かれていた。生地に練り込まれたレモンの皮が、ところどころのぞいている。

「だって、今日は美術教室の日でしょう。先生にも息子さんがいるけどなかなか会いに来られないみたいだから、マコとユウちゃんから『いつも絵を教えてくれてありがとうございます』って、このケーキを渡してあげてね。一緒に『父の日パーティ』ができたら吉本先生きっと喜ぶんじゃないかな、と思ってさ。だから今年は二つ作ったんだよ」

ママは銀色のボウルに入ったマスカルポーネチーズのクリームを手早くかきまぜながらそう話した。

「なるほど！　それはいい考えだね。さすがママ。じゃあ私は今日は昼も夜もマーマレードケーキを食べられるんだ。やったあ！　すぐに支度して、お手伝いするね！」

「ママのママママレードマーマーレードマッマッマーマーレードレードレード」と歌いながら飛び跳《は》ねて着替えに子ども部屋に向かうマコに、「これは父の日のケーキなんだからね！　あなたのために作ったわけじゃないのよ。ひとりじめしないで、吉本先生には一番大きく切ってお皿にのせてあげなさいね」と、ママは楽しそうに笑った。

　Tシャツにセーラーカラーのパーカーをはおって、ショートパンツをあわててはいてキッチンへと戻ると、マコは砂糖漬けの輪切りのレモンをていねいにケーキに飾りつけた。そしてママが箱に入れたケーキを受け取ると、崩《くず》さないように自転車のカゴに入れた。

「いってきまーす！」

　マコははりきった様子で出かけたものの、本当は心の中はもやがかかったように不安な気持ちになっていた。オッサンと一緒にケーキを食べるのも父の日パーティをするのも、とても楽しみだ。でもケーキを持ってオッサンの家に行くところを学校の誰かに見られたら、きっとまた陰口《かげぐち》を言われるに違いないのだ。

　少しユウウツな気持ちになりながらユウの家まで行くと、すでに通りに出てユウがマコを待っていた。

「おはよう。ユウちゃん。今日は父の日だからって、ママがマーマレードケーキを作ってくれたよ。だから土手を通らず遠回りして木村八百屋《きむらやおや》のほうの道から美術教室に行こうよ」

「え、なんで？　なんでケーキがあると遠回りなの？　ずいぶん時間かかっちゃうよ」

「だって、こんなケーキの箱持って、私たちがオッサンのところに行くのを、もしもまた誰かに見られたら、学校でみんなに何言われるかわかんないでしょ」

「へえ、マコもそういうの気にしたり空気読んだりするんだね。それってマコらしくないけどね。でもバレるのはぜーったいにいやだから、遠回り案に賛成、そうしよう」

ユウの「マコらしくない」という言葉が胸にチクリとささった。私はオッサンと仲良くすることを恥《は》ずかしいだなんて絶対に思っていない。マコは心の中でそうつぶやく。ママは私をユニークな子だって言ってたけど、私だって本当は自分が仲間はずれにされるのが怖いんだ。マコはあれから、なるべくみんなのペースに合わせて、目立たないように学校生活を送ろうと心がけていた。

仲間はずれにならないことは、小学校生活においてとても重要だとマコは気がついてしまったのだ。

二人の意見が一致《いっち》したので、自転車にまたがると、マコとユウは土手に向かういつもの道とは反対方向にペダルをこぎ出した。

葡萄の門をあけると、オッサンは薄汚れたランニングと破れたベージュの作業ズボンというもの格好で庭のコブシの木の下にいた。大きな丸太をノミで削っている。四つ足動物の木彫りの彫刻を作るつもりであろうことが、木に木炭で描かれた下書きからわかった。

マコとユウに気がついたオッサンは、作業の手を止めて「母家《おもや》の二階」を指さした。

「ずいぶん今日はゆっくり来たな。さては寄り道でもしてたな？　上に今日の課題が準備してあるから、こっち片づけてから説明に行くから上がってちょっと待ってろ」

マコは手に持った箱に目をやった。遠回りしたことはオッサンには言えない。まして、オッサンと仲良くしたら学校で仲間はずれにされるなんて言えっこない。マコはオッサンを傷つけたくなかった。だからいつもよりも、もっと明るい声で大げさな身ぶりをつけながら、できるだけ子どもらしく無邪気そうにケーキの箱をオッサンの前に差し出した。

「はい。オッサン先生！　今日は父の日だから、オッサン先生の父の日パーティのために、ママが朝、マーマレードケーキを焼いてくれたの。私もお手伝いをしたんだよ。二階に上がると階段でせっかくのケーキがぐちゃぐちゃになるかもしれないから、母家の一階のテーブルに置いておきますね」

「へえ、あっそ、父の日ね。ふん。ケーキなんて俺、よく食べないぜ」

オッサンは気に留めた様子もなく、いつもどおりふてぶてしくそう言った。まあ、そう言うだろうなと予測していた反応だったので、マコもユウもそれには返事をせず、ケーキを持って母家に向かった。玄関の扉をあけて中に入ると、いつものちゃぶ台がある。その上にケーキの箱を置いた。去年の不法侵入事件以来、マコたちの母家への出入りは自由となっていた。

それからまた庭に戻り相変わらず壊れそうな階段を上がって、二階の教室でそれぞれ絵の具の準備をしながらオッサンを待つ。

「今日は何を描くんだろうな。この前の粘土のお面作りは楽しかったけど、またデッサンの練習かなあ。なんかもっとおもしろいことしたいな。さっきオッサンがやってた木彫りとかさ」

絵を描くためだけに存在するこの小屋で絵の具のにおいをかぐと、どんな時でも心が落ち着いた。不安なことや怖いことを忘れて、白い紙にこれから生まれるであろう鮮やかな世界にすんなり集中することができた。マコは今日もここに来てよかったと思った。そんなことを考えていると、ユウがイライラした調子で話し出す。

「それにしてもオッサン、ケーキあげても、ちっともうれしそうじゃなかったね。マコのママが早起きして作ってくれたのにさ。私たちだってせっかく遠回りまでして苦労して持って来たのに。ほんと失礼なヤツ！　大人なのにおかしいよね」

マコはなんとなく曖昧《あいまい》に笑って「そしたら二人でケーキの山分けだ～」とわざとおどけてみせたけれど、マコは自分が大きなウソをついている気持ちになった。何も知らないオッサンはいつもと変わらなかった。変わったのは自分なのだ。

ギシギシと階段を上がる音がした。小さなドアが開くと、姿勢を低くしながらオッサンが教室に入ってきた。

「えっ⁉　オッサン先生、どうしたの⁉」

マコはオッサンを見て思わず声に出した。ユウもびっくりしている。

「ん？　なんか変か？」

オッサンは折り目のついた真新しいシャツに着替えてやってきた。それがなぜか変なのだ。

襟《えり》のついた胸元に小さなワニのマークの入った白いシャツは街で見かけるおじさんたちがよく着ている服だし、その服がおかしいわけでは決してないはずだ。下ろしたてのブランド物の真っ白のシャツを着たオッサン先生。

ススだらけの顔だけが浮いて、とにかくそのシャツはぜんぜん似合っていなかった。さっきの茶色いシミのついた小汚いランニングのほうが断然似合う。シンプルな白シャツがこんなに似合わない人がこの世の中にいたなんて、とマコは思う。父の日のパーティと聞いてタンスの中にしまってあった新品のシャツに着替えてきたのだ。

　そう思ったらさっきまでの罪悪感にも似た気持ちはどこかへ行ってしまったかのようで、なんだかとてもおかしくなって笑わずにはいられなかった。マコがケタケタと笑うとユウもつられて笑い出した。オッサンは楽しそうに笑う二人を不思議そうにしばらく見ていた。

それからニコリともせずに、

「美術教室はお休み。今日はパーティだ」

　と宣言した。

　母家のちゃぶ台の上のケーキを前に、緑茶をすすりながらマコはオッサンに質問する。どうしても聞いてみたかったのだ。マコは一度知りたいと思うと、相手かまわずなんでも質問してしまうところがある。マコのこの特性もみんなの中で浮いてしまう一つの理由なのかもしれない。それでもマコは疑問があると口に出さずにいられないのだ。

「ねえ、オッサン先生は、近所の人から『変わり者』って言われてるでしょう。それでいつも一人でいるでしょう。寂しかったりいやな気持ちになることはないの？　お友だちはほしくないの？」

　なんでそんなこと言い出すのよ、とユウは言葉には出さないが困惑《こんわく》した顔でマコを見ている。オッサンはひょうひょうとした様子でマコのほうに半身を向けた。それから頭をボリボリかいた。

「ん？　失礼なこと言うなよ。俺にだって友だちくらいいるよ。なーんだ。さてはマコは友だち百人できるかなって思ってるのか？　みんなと仲良し？　そんなのはナンセンス。くだらないね。俺は友だちは作ろうと思って作るもんじゃないと思ってる。無理して媚《こ》びたり気を遣ってできた友だちなんてどうせロクなもんじゃないぜ。俺はひたすら彫刻を作ったり絵を描いたりしていたら、そこに人が集まってきた。自分の好きなことに夢中になってたら、気がつかないうちに友だちができていたんだ。俺の友だちは外国で自分の道でがんばってるんだ。別にしょっちゅう会う必要もない」

オッサンはケーキを一口ほおばって、話を続けた。

「それから近所の連中が俺をなんて言ってるか知らないが、『変わり者』だって？　えへへ、そんなふうに言われてるなら上等だぜ。みんな自由に生きてる俺にやきもち焼いてんのさ。自由は人から与えてもらうもんじゃない。勝ち取るものだ。俺の幸せとヤツらが幸せと感じることが違うんだ。まわりがどう言おうといちいち傷ついてる暇なんてないよ。時間がもったいない。俺は彫刻を作っていられたらそれで満足さ」

オッサンが本気で言っているのか、はたまた強がって言っているのかはマコには見当がつかなかったけれど、今だけしか聞くことのできないとても特別な話に感じた。それから友だちってなんだろう？　自由ってなんだろう？と思った。

どちらにしても確かなことはオッサンはみんなから仲間はずれにされても、彫刻を作ってさえいられれば生きていけるのだ。それはすごいことだし、なんだかとてもうらやましく思えた。だからオッサンの作る作品は美しいのだ。

その日のオッサンは終始上機嫌だった。小さな古いちゃぶ台を囲んだ親子でもないマコとユウとオッサンは、父の日のパーティと称して、マーマレードケーキを切り分けもせずそのままフォークでつつきあって、あっという間に平らげた。ケーキは好きじゃないと言ったはずのオッサンも、口にクリームをつけたまま「このケーキなら、俺、食べられるな」とまた一口、ほおばった。

その日の夕食は吉本太美術教室での父の日パーティの話題でもちきりだった。食後のデザートにきれいにお皿に切り分けられた本日二回目のマーマレードケーキを食べる時、マコはパパに父の日のプレゼントを渡した。

「パパ、いつもありがとう。これ、私が描いたんだよ」

パパの似顔絵が布用のペンを使って大きく描かれたTシャツで、すそのほうに大きく

「パパありがとう　マコ」と文字が入っている。

　パパは本当にうれしそうに満面の笑顔でそれを受け取ると、すぐに着ていた青いギンガムチェックのシャツを脱いでマコの手描きTシャツを着てみせた。

「マコ、この絵は色使いがすごいじゃないか。やっぱりマコは天才かもしれないよ。それに、僕の顔にうり二つだね。よく描けてるなあ。このTシャツは次回の授業参観に着ていくよ。ありがとう、マコ」

「えー、いやだよ。授業参観には着てこなくていいよ、恥ずかしいよ。それにきっとバカにされる」

「バカにされる？　こんなすてきなTシャツをバカにするヤツがいたら、そいつの話をじっくり聞いてみたいね。パパが反論してやる！　それになんで恥ずかしいんだよ。自分で描いたんだろう？　よく描けてるし、パパは絶対これを着てみんなに自慢したいんだ。うちのマコは天才ですよーって」

　パパは椅子から立ち上がって、ポーズを取ったり、Tシャツを両手で引っぱったりしながら自分の胸元にある似顔絵を何度も見ている。パパはそう言うけどさ、子どもの世界はそんな簡単じゃないんだよ、とマコは思う。でも、そんな大喜びしているパパを見ていると、オッサンにも本当の息子たちから父の日のプレゼントが届いていたらいいのにな、もしもらえてなかったら、来年はオッサンにも似顔絵を描いてあげよう、とマコは心に決めた。

8

学校へ行くと、マコは家や吉本太美術教室にいる時のように、自由なふるまいができない。先生にしつこく質問したり、授業中にうろうろ歩き回ることも少なくなった。クラスには流行《はや》りのドラマや流行歌に詳《くわ》しい華やかな女子グループと、あまり目立たない地味なグループがあった。マコはどちらにも属することはせず、あえてみんなと仲良くするように心がけた。そうしてみると、あんなに一人になるのが怖かったくせに、一人になりたいと思うことが多くなった。集団から疎外されることと、自ら一人を選ぶことはまったく違うことに気がついた。オッサンはあえて一人でいることを選んだのだろうか。

担任の清水先生には「麻子《まこ》さんは最近お姉さんになって、みんなと平等に仲良くできるしすばらしいですね」と言われたけど、内心マコは我慢《がまん》ばかりしていた。頭ではわかっていても、オッサンのように「まわりにどう思われても上等だぜ」なんて、なかなか思えない。毎朝教室の扉をあけると、学校用の自分に変身するために、えいやと少しだけ装った。

だから大人にほめられても違和感を感じてしまう。初めは小さかったズレは、マコの中で少しずつ大きくなっていったけれど、その変化に気がついてくれる人は、まわりにはいなかった。マコは校門を出たとたん、いつものノーテンキでユニークなマコに戻るからだ。

図画工作の時間は二時間続きだ。マコは学校の図工の時間はあまり好きではない。合田《あいだ》先生という白髪《しらが》のおじさん先生は、モゴモゴ滑舌《かつぜつ》が悪くて何を言ってるかわからないし、とにかくモチーフもテーマもマコにとっては退屈《たいくつ》だった。吉本太美術教室で鍛《きた》えられているマコの描く絵は、そりゃあ学校内では群を抜いてじょうずだった。合田先生はいつもマコの絵をほめてくれたけれど、マコはそれもあまりうれしいと感じていない。なんだかピントがずれているようで、わかってもらえている気がどうしてもしなかった。

その日の図工の授業は五、六時間目だった。校庭の花壇《かだん》に面した図工室の窓からは、背伸びした大輪《たいりん》のひまわりがまぶしい。

「自分の心を絵で表現してみよう」というテーマだった。マコは久しぶりにおもしろそうなテーマだと体を前のめりにした。

合田先生は白い四つ切り画用紙を子どもたちに配ると、

「人間の感情には喜怒《きど》哀楽《あいらく》があります。四つの中から一つ選んでその感情の色や形を想像して描いてみましょう。使っていいのは鉛筆とクレヨンと水彩《すいさい》絵の具、難しいテーマだけど挑戦してください。画用紙は横描き。描き終わったら右下に名前。はいスタートね」

と、やっぱりモゴモゴと説明をした。

図工室の木製のズッシリした机の天板をじっと見つめてから、マコは自分のどんな感情を描こうか決めた。それから画用紙を縦にすると、真っ赤な絵の具と、あずき色の絵の具を使って、上に向かって長く続く階段を描きだした。階段の一番下にはこちらをにらみつけて立っている水色のワンピースを着た幼い少女を描いた。赤い階段はみんながびっくりするくらいしつこく赤色を何度も重ねる。絵の具の上からクレヨンを重ね、また絵の具を重ねる。同じ色をずっと同じ場所に塗り続けていると、ある瞬間、色の中に深い穴のような空間が生まれる、とオッサンが言っていたのを思い出す。穴に吸い込まれそうになるまでひたすら塗り重ねた赤は、ゾッとするような迫力《はくりょく》を帯びた。少女の瞳はみんなが怖がるくらい鋭く美しく描こう。彼女のぬれたようなまつげの一本一本まで細筆で慎重《しんちょう》に描く。授業と授業の間の中休みの時間も、マコは作品に没頭《ぼっとう》した。それは、小学校五年生が描いたとは思えない大人びた絵に見えた。

キンコーンカンコーンキンコーンカンコーン。

「はーい。できた作品を提出してください」

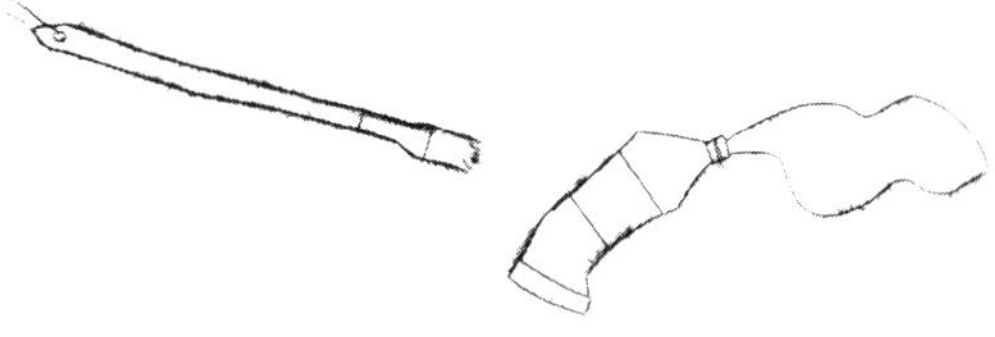

授業終わりのチャイムが鳴ったが、マコはまだ描き終えていなかった。我に返ってまわりを見渡すと自分だけ縦で描いてしまっている。みんなにわからないように絵を裏返しにすると、横に向けて先生の机の上にスッと提出して図工室を出た。


「みなさん、さようなら。先生、さようなら」

帰りの会が終わり、日直が号令をかけて子どもたちがそれぞれ帰り支度を始めた。

「マコちゃん、今日、あさこちゃんと、ちえちゃんと、家でスーパーマリオ大会するんだけど、マコちゃんも遊びに来ない？　それにお菓子も持ちよって、みんなで食べようよ」

人なつっこい笑顔でマコに声をかけてきたのは、クラスメイトのますみちゃんだった。

マコが、学校で目立たないように心がけてから、こうして時々遊びに誘ってくれるクラスメイトができた。誘われるのはうれしかったけれど、ファミリーコンピュータの画面も、にぎやかなゲーム音楽もマコはなぜか頭がクラクラしてしまうので苦手だった。友だちといるのは楽しいけど、一緒に遊んだ帰り道はズシンと肩に何かのっているように重かった。それでもせっかくますみちゃんが誘ってくれてるんだから、行こうと決めて笑顔を作ったその時だった。

「麻子さん、この後、図工室まで来てください。合田先生からお話があるそうですよ」と担任の清水先生から声をかけられた。

マコはますみちゃんに向けた笑顔を崩さないまま眉間《みけん》にシワを大げさに寄せて、顔の前で手を合わせて、

「ごめん、先生に呼び出されちゃった。今日は一緒に遊べなそう。実は今日の図工で描いた絵、私、間違えて縦描きにしちゃったから、多分それで呼び出されたんだと思う〜」

となるべく明るくていねいに断った。

「そっか。残念。次は遊びに来てね！」

ますみちゃんはランドセルを持つと、手をふって教室を出ていった。


トントン。

図工室の扉をノックするとすぐに合田先生の「はーい」という声が聞こえてきたので、ガラガラと教室の引き戸をあけた。

中央の机に座っている合田先生とブルータスの石膏像《せっこうぞう》がギョロリとこちらを見た。窓から差し込む真夏の西陽《にしび》に照らされて、さっきマコが授業で描いた赤い階段と少女の作品が一枚だけ机の上にポツンと置かれていた。図工室がいつもよりずっと広く感じられる。

マコは先生に向かい合うように席に着くと、先に話し出した。

「すみません。横描きなのに間違えて縦描きに描いてしまいました。家で描き直してきます。しかも、まだ途中だし」

先生は首を横にふると、マコの顔をのぞき込む姿勢になった。

「いやいや、縦に描いたことくらい本当は大したことではないよ。廊下に飾る時に先生が飾りやすいから横描きって言っただけなんだし。それより、この作品、とてもよく描けているし、すばらしい。本当に美しい赤だよね。でもね、見ていてちょっときみのことが心配になったんだよ。麻子さんは、何か不安なのかなって。何か迷っていたり、つらいことがあるのかな？　この階段の下にいるのはきみ自身だろう？」

マコはびっくりした。確かにマコは学校にいる時の自分の気持ちを絵に描いた。どうせ伝わらないと思っていた合田先生が、絵を見てマコが選んだテーマを言い当てたのだ。

「学校にいる時の気持ちを描きました。喜怒哀楽の四つの中から選べなかったから、それもルール違反なのだけど。先生には伝わってよかったです。わかってくれてうれしいです。私、将来画家になるので、このくらいは絵で伝えられないと！」

マコはわざと明るくケロリとそう言いはなった。

マコは少し高揚《こうよう》して、そして満足していた。先生に心配してもらったからではない。気持ちを理解してもらったからともまったく違う。自分の描いた絵が人の心にどんな形であれ引っかかりを持ち影響したんだ、と思えたからだ。
あの日、ママがした話は本当だと思った。描くことは時に暴力や言葉よりも、強い力を持つ。マコがマコらしく自分を表現できる可能性があることを、初めて実感した出来事だった。

9

そのハガキをマコが見つけたのは、二学期が始まりようやく暑さも落ち着いた水曜日の午後だった。切手が貼っていないところをみると家まで吉本太がやってきて、直接、郵便受けに入れたのだろう。

招待状
マコさん、パパさん、ママさん
十月十日　体育の日　正午
羊の丸焼きをします。是非《ぜひ》、吉本太美術教室までいらしてください。　太ハガキには漫画風のかわいらしい子羊の絵が描かれていた。なぜ体育の日に羊の丸焼きをするのかは不明だし、丸焼きという言葉と子羊の絵がなんともちぐはぐな感じがしたが、もしかしたらオッサンなりの父の日パーティのお礼なのかな、とも思った。理由はともかく羊の丸焼きなんて見たことも食べたこともないし、おもしろそうだ。

当日、体育の日は心地よい風が吹いていた。パパは、缶《かん》ビールとママの自家製シソジュースが入ったクーラーボックスを車に積み込んだ。

赤い軽自動車の後部座席にマコとパパを乗せて、ママは土手沿いを走らせる。五分ほどで吉本太美術教室の葡萄の門に到着した。門を抜けると、ワレモコウやセンニチソウが美しく咲く庭の中に、タオルを頭に巻いたオッサンがいた。横にはもう一人、若い男の人がいて、二人はすでにたき火の上で羊を焼いていた。

秋晴れの美術教室の庭は光の角度で数分ごとに色が変わる。赤とも言えない赤。黄色とも言えない黄色。赤の中にあるまっかっか。黄色の中にあるまっきっき。青空のさらに上にあるもっと青い空。オッサンはそんな庭の美しい姿を眺めては「こいつらの色にはかなわねえなあ」とよくつぶやいていた。

たき火の近くにいるその青年は、マコとユウが去年の夏休みにオッサンの母家に侵入して見つかった時にもいた人だとすぐにわかった。マコは夏休みの母家への不法侵入をパパやママには内緒にしていたので、少しまずいことになったな、と思った。

肝心の子羊は鉄の棒をのどからお尻に貫通《かんつう》させられて、無惨《むざん》な姿でたき火の上に吊り下げられていた。外側はすでにきつね色に焼けて、脂《あぶら》が火に落ちるたび、パチパチと音を立てて盛大な火の粉《こ》があたりに飛び散っている。

オッサンからの招待状に描いてあった、かわいらしい子羊の面影《おもかげ》はどこにもない。その代わりに香草とスパイスと肉の焼けるエキゾチックな香りが、けむりと共に庭じゅうに広がっていた。

いつもは作業台として使っている机の上には、氷水の入った銀色のタライにレタスとトマトとキュウリなどの野菜が涼《すず》しげに浮いている。それに食パンが二斤《にきん》、ピンク色の岩塩や唐辛子、クミンシードやコショウなどが入った小ビンが乱雑に並んでいる。

「今日はお招きありがとうございます。いやあ、僕、子羊がこんなふうに焼かれているのを初めて見ました。すごい迫力だなあ」

パパが挨拶すると、オッサンも照れくさそうに頭をかきながら会釈した。

それから「あれは息子。次男坊の泰一《たいいち》。大学生」と、手伝っている青年を指さした。

「はじめまして。泰一です。よろしくお願いします。父から海老原家の話は聞いています。

ずいぶん前にマコちゃんにも会いました。ね、マコちゃん」

マコに向かってパチリと右目をウインクした。

「はじめまして！　泰一くん。とっても優秀でやさしい息子さんだって、吉本先生から聞いてましたよ。大手の商事会社に就職も決まったそうだね。すごいじゃないですか。すばらしいね。おめでとう。ところでマコ、泰一くんと会ったことがあるのかい⁉　パパ知らなかったよ。すみません、娘もお世話になっていたんですね。それはそれは、いろいろありがとう」

「こちらこそ父がお世話になっています。まさかご近所で太さんにお友だちができるなんて正直びっくりしました。しかもこんなすてきなご家族。お会いできて僕もうれしいです。就職は、そうですね、すごいだなんて、恐縮です。実際、安定を選んだって感じですよ。太さんのように好き勝手に生きる勇気は僕にはないので」

青年は自分の父親を「太さん」と呼んだ。

マコは話を聞きながら内心ドキリとしたが、泰一の目配せと、なごやかなパパとのやりとりに少し安心した。

この人とは仲良くなれそうだ。

それにしても、こんな好青年がオッサンの息子だったなんて驚いた。言われてみれば横顔が似ていなくもない。神経質そうではあるがにこやかで礼儀《れいぎ》正しい雰囲気だ。きちんと整えられた髪の毛や、洗いたてであろう青いコットンシャツを今風に着こなす姿からは、誰が見てもこの二人が親子だとは想像もつかないだろう。

「そんな話はいいから、ほれ、ぼちぼち肉がいい感じだぞ。こいつはまだ草を食べる前の、ミルクだけで育ったミルクラム。子羊の中の子羊。おい、泰一、手伝ってくれ」

「子羊ちゃん、私たちに食べられるために生まれたみたい。なんだかかわいそうねえ」

そう言うママは、のんきな調子だ。

吊り下げられてこんがり焼けた子羊を、オッサンは大きなナイフで焦げやすい背中の部分から切り分けていく。切り口から肉汁《にくじゅう》が滴《したた》り、そのたびに火がさらに高く燃え上がる。火の粉を浴びても気にせず、オッサンはたんたんと肉を切り分ける。切り分けられたその肉を泰一が大皿に素早く受け取る。さっきまでグロテスクに見えていた焼き色のついた子羊は、お皿に切り分けられたとたんに、おいしそうなごちそうに見えるから不思議だ。

「うまそうだなあ！」と缶ビールを片手にパパがたまらず声をあげた。

「おいしそう！　食べてみたい！」とマコも大きな声を上げた。

「俺が若い頃、インドを放浪《ほうろう》していた時に、生まれて初めて羊の丸焼きを食べた。あれはうまかったなあ。こいつはトラックの運転の仕事で立川の肉問屋に行った時に、安く譲《ゆず》ってもらう約束をしてた子羊だ。運転の仕事も捨てたもんじゃないな」

オッサンは、持っていたナイフの先で肉を突《つ》き刺《さ》すと豪快《ごうかい》に食らいついた。

外側がパリパリで中が柔らかいお肉は本当においしかった。その場にいた全員が、それを口にしたとたん、一瞬沈黙《ちんもく》して、それから口々に「うまいな」「おいしい！」「スパイスがよく合うなあ」などと顔を見合わせた。

肉をいったん切り終えたオッサンは、なんとなく得意げだ。

「これが羊たちの沈黙っていうやつだな」とパパがつまらない冗談《じょうだん》を言うとみんな笑ったけれど、オッサンとマコだけなんのことかわからない。けれどそれもまたおもしろくて楽しい。

西陽が強くなった頃、食べきれなかった羊肉はアルミホイルに包まれて、海老原家とオッサンと泰一にそれぞれ分けられた。ママはこの肉でラムカレーを作るんだと、はりきっていて、オッサンにスパイスの使い方についていろいろ質問している。パパは家の壁に埋め込まれた彫刻や、庭にある彫刻を、歩き回ってじっくり鑑賞《かんしょう》している。

その間、マコは泰一と腕ずもうをしたり石蹴りをしたりして遊んでいた。

マコは思い立ったように、オッサンが前にお仕置き小屋だと話していた丸窓の小さな小屋まで、泰一の手を引っぱって連れて行く。

「なんだい？　マコちゃん」

泰一は不思議そうにマコを見ていた。マコは思い切って泰一にたずねた。彼がオッサンの息子だと知った時からどうしても知りたかったことだ。

「泰一さん、オッサン先生がこの小屋は息子たちが悪いことした時に閉じ込めるお仕置き小屋だって言ってたの。この小屋とても小さいし、人間が二人寝たらきっといっぱいになっちゃうでしょう。もしも閉じ込められたら窮屈《きゅうくつ》だし、電球が一個ぶら下がってるだけで、ちっちゃい窓が一個しかないから怖いと思うの。泰一さんはここに閉じ込められたことがあるの？　閉じ込められたらどのくらい出してもらえないの？」

泰一は小屋の窓から中をそっとのぞくとすぐに目をそらし、一瞬眉《まゆ》をひそめて悲しそうな表情をしたが、すぐにまたマコのほうを向いてひまわりみたいな笑顔で、声を出して笑った。

「太さんがそんなこと言ったの？　趣味《しゅみ》の悪い冗談を言うなあ。ここはね、昔、僕の兄さんが子ども部屋として使っていたんだよ。悪いことしたら閉じ込めるなんて、太さんのウソ。きっとマコちゃんをおどかすために、わざとそう言ったんだね。ちょっと怖がらせちゃったね」

マコは泰一の返事に安心した。真っ白くペンキで塗られた三角屋根の小屋。枯れたクレマチスと蔦紅葉《つたもみじ》でグルグルまきになっている外壁、三畳ほどのスペースのその小屋には、独特の空気が流れている。この小屋に鍵をかけられて閉じ込められ、真夜中一人きりで朝をひたすら待つ少年の姿を想像してマコは恐ろしかった。けれど子ども部屋だとわかると、童話に出てくるお菓子でできた家のようでかわいらしくも見えた。学校のみんなが言うほどオッサンは、やっぱり変人じゃないよ。

「なあんだ。そうなんだ。よかった！　子ども部屋だったんだね。隠れ家《が》みたいで楽しいお家だったんだね！　今はたくさんゾウさんの首の彫刻が置いてあって、とっても神秘的。そっか、母家のお家の中に飾ってある写真には確かもう一人男の子が写ってたもんね。泰一さんにはお兄さんがいるんだもんね。いーなあ、私は一人っ子だからうらやましいな。そのお兄さんは今はどこにいるの？」

泰一はまた少し困った顔をした。

「マコちゃんのパパとママは仲良しだろう？　そのほうがうらやましいよ。僕の両親はいろいろあって離婚しちゃったんだ。僕も兄さんも、今はお母さんと暮らしているんだよ。それに、僕が太さんに時々会いに来てることは二人には秘密なんだ。だから、僕とマコちゃんがこうして一緒に遊んでることもナイショだよ」

泰一の声が思いのほか真剣だったので、マコは、自分が聞いてはいけないことを聞いてしまったような気がした。マコはまだこんな時どうしていいかわからない。

気まずそうにしているマコを気遣うように、泰一はマコの頭に手を軽く置いた。

「さて、みんなのところに戻ってジュースでも飲もうか。のどが渇《かわ》いただろう？　僕はマコちゃんの学校の話をもっと聞きたいな」

泰一はマコの動きや話にいちいち大げさに驚いてみせたり笑ったりする。

マコは泰一と話すのがとても楽しかった。出会ったばかりの泰一のほうが学校の友だちよりずっと近しくて、年齢を超《こ》えてお互いに何か通じ合える気がした。

吉本太美術教室にいる時は、自分が自分でいられる、とマコは感じる。奇妙で魅力的な家の庭の植物や彫刻たち、それらが持つ独特の美しさが人を素直にさせるのだろうか。パパもママもまた同じようにとても楽しそうだ。

吉本太はそんなみんなの様子を見て、目を細めてとても幸せそうな顔をした。

10

三匹の赤トンボは表に出たいらしくプラスチック製の透明な虫カゴの中でブンブンと音を立てて飛んでいたが、そのうちお互いの足どうしや体がからまってしまい、最後には虫カゴの中央で身動きが取れなくなった。けれどもまだ足と羽をジタバタと激しく動かしている。

「おい、トンボ、そんなに動いたら描きにくいよ。しかもみんなで一ヶ所にかたまっていると、どれがどの子の足なのか羽なのか見分けつかない。おい！　トンボ、動くな、止まれ！　止まってよ。止まって描かせてくれたら逃がしてあげるよ」

　マコは姿勢を低くして、虫カゴの中の今日のモデルたちに話しかけながら描き始める。ユウはそんなマコの姿を横目で見て笑いながら、手早く鉛筆を削ったり、パレットに絵の具をていねいに出したりしている。

　教室の古びた木の窓枠からのぞく秋はいよいよ深まり、先週の羊の丸焼きパーティの時よりも、ずっと黄色くなったコブシの葉が美しい。

　ドアの向こうからギシッギシッギシッと階段を上がる音がする。オッサンが二人の様子を見に上がってきたのかなと耳を澄ましたが、ふだんの足音よりも静かだったので誰だろう？と思った。小さな入り口の扉が開くと、ぶつかりそうになる頭を右手で押さえて、かがんだ姿勢のまま教室に入ってきたのは、泰一だった。

「久しぶりにこの部屋に上がったよ。この家にまだ住んでいた小さい時、よく遊んだよ。なつかしいね。しかし相変わらずこの階段危ないよね。あの時よりずいぶん古くなったし、さらにやばいな。マコちゃんたち、気をつけなよ」

泰一が部屋に入ってきたとたん、絵の具のにおいに石鹸の香りがふわりと混ざる。

「わーい、泰一さん、きてくれたの？　一緒にお絵描きしようよ」

マコがうれしそうにしている横で、ユウがすっかり人見知りの顔になって、体をかたくしていた。泰一はそんなユウにすぐに気がついたようで、眼鏡のフレームをクイとあげると白い歯を見せながら、やさしい口調で挨拶をする。

「きみがユウちゃんだね。マコちゃんからきみの話をたくさん聞いたよ。マコちゃんの一番大切なお友だちなんだって。夏休みに一度ここで会った時は挨拶もあまりできずにごめんね。僕は吉本泰一といいます。オッサン先生の息子です。今日は、二人がお絵描きしてるところを見学させてもらいにきたんだ。どうかよろしくね」

ユウは返事はしないまでも、泰一のやさしい口調と笑顔に少し気を許したのか、大きくコクリとうなずくと、また落ち着いて自分の作業に戻った。

「トンボを描いてるんだね」

「そう。アキアカネだよ。でも虫カゴの中でみんなでこんがらがっちゃって描きにくいの」

マコは鉛筆で必死にトンボたちを描きながら返事をする。

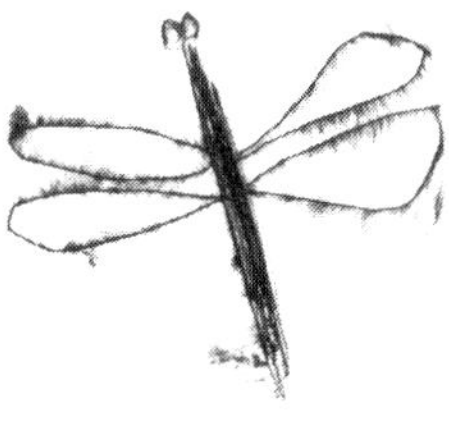

「本当だ。せまいところに入れられて逃げようとしたけど、三匹もいるから、からまっちゃったんだね」

泰一は笑うと、マコが止める間もなく虫カゴをヒョイとつかんで、プラスチックの上ブタをあけた。けれど、トンボたちはそれに気がつかないのか、からまって動けないのか、中央に集まったまま、外に出ようとしない。

「ダメだよ！ 泰一さん、モチーフは動かしたらいけないってオッサン先生が言ってた。怒られちゃうよ」

すると泰一は少しあわてた様子で「ごめん、ごめん」とあやまったものの、「でもさ、これ、一匹のほうが描きやすいよ」と、二匹いっぺんにトンボの羽を指でつまむと、あっという間に窓から外に逃がしてしまった。虫カゴに取り残された一匹のトンボは中央でじっとしている。

「あーあ。この子、運が悪いなあ、ひとりだけ取り残された」

マコとユウも虫カゴをのぞき込んだ。

「そうだよ。二匹は逃がしてもらえたのに、この子だけ取り残されてかわいそう」

泰一は頭をかきながら苦笑いをする。

「確かにね。かわいそうだけど、こいつにはしばらく我慢してもらわなくちゃ。でも、一匹のほうがまだ自由だし、美しいこの姿をこの世に残してもらえて、ラッキーで特別なトンボとも言えるよ」

そう言うと、泰一は部屋の隅《すみ》に積んである紙の束から画用紙を取って、鉛筆立てから5Bの鉛筆を一本持ち出すと、サラサラと虫カゴの中のトンボを描き始めた。初めは動かないトンボを、一瞬でのびやかな線でさらりと描く。泰一は虫カゴをポンとたたく。トンボは驚いたのか、せまい空間を飛び回った。彼はその飛び回るトンボの姿をすぐにとらえて同じ画用紙の中に描いた。一枚の画用紙にトンボのいくつかの瞬間を何度も閉じ込めるのだ。それを繰り返すと、画用紙の中にはじっとしているトンボ、飛び立とうとするトンボ、あきらめてまたじっとするトンボ、再び飛び立とうとするトンボが、コマ撮《ど》りの映像のように現れた。一枚の画用紙の中に一匹のアキアカネがまるで動いているような曲線で、そこに描き出されたのだ。一本の鉛筆は魔法を起こす。

「すごい。まるで紙の中でトンボが生きてるみたい。動いてるものが数分でこんなふうに描けるなんて。私もやってみたい！」

マコは泰一の描いたトンボの絵を見て興奮する。

「速写、クロッキーだよ。まばたきをシャッターのように使うんだよ。モデルの一番美しい姿を必要最低限の線だけで描くんだ。久しぶりに描いたなあ、楽しいね。もう何年も絵なんて描いていなかった。僕、もう一枚描こうっと」

泰一は新たな画用紙を用意して、また描き始めた。

マコもユウも泰一のマネをして挑戦してみるが、なかなか思うように対象をとらえるのは難しい。泰一は集中して絵を描いているマコとユウを楽しそうに見ては、時々アドバイスをする。

「泰一さんが、こんなに絵がじょうずなのは、オッサン先生に教えてもらったからなの？泰一さんもこの部屋で教えてもらってたの？」

マコはあまりに泰一のクロッキーがすばらしいので、素直にたずねた。

「いや、違うよ。僕は太さんに、絵を教えてもらったことは一度もない。そもそもマコちゃんとユウちゃんくらいの時には、僕はすでにこの家にいなかったし。太さんは僕が絵を描いていたことすら知らないと思う。今日も太さんに絵を教えてもらえるかな、と思ってきたけど、あの人がここに上がってこないのは、僕には教えたくないんだろうね」

泰一は鉛筆を持つ手をピタリと止めて強い口調で答えた。けれどそれからすぐにやさしい表情に戻り、なつかしそうに話し出した。

「ここは当時、僕の母がフローレンス美術教室っていうお絵描き教室のために使ってたんだ。入れ替わり立ち替わり子どもたちが来ていたんだよ。他の子たちが使っている授業中は僕たちはここには入れないんだけど、教室以外の時間は僕と兄の遊び場だった。よく二人でカードゲームしたり、オセロしたりしてたなあ。なんかこのせまさが子どもの頃、妙に居心地良かったんだよね、入り口のドアのサイズも窓の感じも子どものためって感じがするでしょ？」

「へえ、ここがフローレンス美術教室だったんだ。私、最初フローレンス美術教室って看板がすてきだったからここに来たんだけど、今は、吉本太美術教室って名前になっちゃったんだよね。まあ、最初はダサい名前でいやだったけど、今はわりと気に入ってるんだ。吉本太美術教室」

マコが少しおどけて笑うと、泰一も笑う。ユウも「そうそう、そうだったよね」と相づちを打つ。

「泰一さんは、こんなに絵がじょうずなのに、絵描きさんにはならないの？」

マコは泰一に矢継ぎ早に質問を繰り出す。

「僕は、絶対に芸術家にはならないよ。だって、太さんみたいな人生は送りたくないもの。それに、絵や彫刻だけでは生活なんてできないしね」

マコはびっくりした。

「え、あんなにすてきな作品を作れるオッサン先生が嫌いなの？」

泰一はマコのあまりにストレートな言い方になかばあきれたのか、思わずふき出した。

「あはは、作品はすばらしくても、お金にならないし、あの人は本当に自分勝手なんだよ。太さんが好きな作品を作るために、僕たち家族はずいぶん犠牲《ぎせい》になった。それに父親の役割はいっさい果たさなかったしね。だから、嫌いかって聞かれたら、僕は彼を嫌いなのかもしれない。でも親だからしかたないんだ。嫌いとか好きで片づけられない関係だから」

泰一は笑いながら、大人を相手に話すみたいにあけすけにそう言った。

虫カゴの中のトンボがまた、ジージーと音を立てて動いた。

マコがまた何か口に出そうとしたその時、勢いよく扉が開くとオッサンが部屋に入ってきた。部屋全体がギシギシ音を立てて横揺れする。部屋中にアルコールのにおいが広がった。だいぶ酒に酔っている様子だ。目の焦点《しょうてん》も合ってないし足元はフラフラしている。

ユウは眉間にあからさまにシワを寄せて鼻をつまんだ。三人ともおしゃべりに夢中で、オッサンが階段を上がる音に気がつかなかったのかもしれない。あまりに突然現れたので、マコはびっくりして「わっ」と声を上げた。オッサンはマコにもユウにも目もくれず、泰一に向かって必要以上に大きな声で話し出す。

「おい、泰一、おまえ来たかと思ったら、挨拶もろくにしないで、母家に荷物置いて勝手に二階に上がってきてやがる。下までおまえらのうるさい笑い声が聞こえて、俺の制作の邪魔だぞ。どうせこの子どもらも、ヘタくそな絵しか描かないし、どいつもこいつも邪魔なんだよ」

オッサンは今日どうりでなかなか二階に上がってこないわけだ。泰一が教室にいたので、気まずくて上がってこなかったのだろう。とはいえ三人の様子が気になって、一人でヤキモキして酒を飲み始めたに違いなかった。

泰一は自分の描いた絵を裏返して足元の床にそっと置くと、まったく悪びれる様子もなく、片方の眉を上にあげて口元にうっすら笑みを浮かべた。オッサンがこうして酔っぱらって大きな声を出すことに、慣れているのかもしれない。

「すみません。二階のかわいらしいお絵描き教室がとても楽しそうだったので、つい。太さん、ちょっと飲みすぎっぽいですね。お嬢さんたちにそんな姿を見せるのもなんだから、母家に戻りましょう。マコちゃん、ユウちゃん、太さんは酔っぱらっちゃったみたい。びっくりさせてごめんね、トンボさん描き終わったら外に逃がしてあげてね」

そう言って、マコたちが挨拶するひまもなく、彼はオッサンの肩をたたくと、母家へ一緒に戻っていった。オッサンが怒るのではないか内心ハラハラしたが、思いのほか素直に息子に腕をつかまれながら部屋を出ていった。

「オッサン、酒くさかったな、サイテー」

ユウは右手を鼻から離すと、やれやれという様子だ。

「オッサンはなんで泰一さんに絵を教えてあげないのかな。私たちにはていねいに教えてくれるのにな。泰一さんかわいそう。でも、習わなくてもあんなにじょうずに描けるんだからすごいなあ」

マコは泰一が床に置いた画用紙をひろいあげて、改めてそのトンボのクロッキーをじっくり見つめた。しなやかな鉛筆の線がとても魅力的だ。一匹のトンボが白い紙の中を飛び回っているように見える。

画用紙をじっと見つめているマコの後ろから、ユウが立ち上がって話しかけた。

「ねえ、マコ、今日はもう帰ろうよ。オッサン酔ってるし危ないよ」

マコはユウが何を危ないと言っているのかよくわからないし、そんなことよりどうしてもトンボの絵が、今描きたかった。

「ごめん、ユウちゃん、私、これ描いてから帰る」

「あ、うん、わかった。じゃ、私、悪いけど先帰るね。なんかあったら走って逃げなね。気をつけなね」

ユウが心配そうに念を押しても「うんうん、わかった、わかった、バイバイ」とマコが上の空で答えるので、ユウはあきれて荷物をまとめると階段を降りていった。

マコは、虫カゴのトンボをのぞき込んだ。そして泰一のように、鉛筆でトンボの美しい線をとらえようと一気に描いた。それを画用紙の中に何度も繰り返したが、泰一のような生き生きとしたトンボはどうしても描けない。虫カゴをたたくとトンボは一所懸命飛び立とうとし、その度に虫カゴの天井に頭をぶつけて中央に落ちてしまう。もう一度たたくと、再び飛び立とうとする。マコはその瞬間を描きたくて、何度も外からたたき続けた。そうしているうちに、ついにトンボは飛ばなくなった。

「おーい。どうした。死んじゃったの？」

マコが虫カゴを揺らすとジッジジジッと音を鳴らして、トンボはそのまま動かなくなった。

何度もたたいたから、アキアカネが死んじゃった。描き終わったらすぐに外に帰してあげるつもりだったのに。絵のモデルにするためという人間の身勝手な理由に付き合わされて、こんなせまいところに閉じ込められて、トンボは力尽《つ》きてしまった。マコは急に罪悪感にかられて、動かなくなったアキアカネの入った虫カゴを抱えると、ギシギシときしむ階段から落ちないように注意しながら降りて、母家に向かった。

するとと母家の玄関からちょうど泰一が現れた。

「マコちゃん、帰るのかい？　絵は描けたの？　太さん、言いたい放題言ってイビキかいて寝ちゃったよ。どうも僕とはお酒がないと一緒にいられないみたいだね。マコちゃんとはシラフでお話しできるのに。まったく変な人だよ。で、そんな太さんにあきれてしまったし、僕もそろそろ帰ろうかと思ってたとこ」

深刻な顔をして虫カゴを抱えて何も答えないマコに気がつくと、泰一はやさしく微笑んだ。

「マコちゃん、どうしたの？」

それからマコに近づき目線まで腰を落とした。泰一と目が合うと、マコはなんとか言葉を吐《は》き出すことができた。

「トンボ、死んじゃったの。私が何回も虫カゴをたたいていじめちゃったの。でも描いたトンボの絵も全部失敗だったの」

「そうかあ、トンボさん死んじゃったのか。それは悲しいね。でもこの子、だんだん寒くなってきたし、もともと弱っていて寿命《じゅみょう》だったのかもしれないし、厳しい冬が来る前に、天国へ行けてむしろ幸せだったかもしれない。最後にマコちゃんがこの子の絵を描いてあげられてよかったね」

泰一さんは慰《なぐさ》めてくれているんだ、とマコは思った。

「そうかな、そんなことないと思う。仲間と一緒にお家に帰りたかったと思う。本当に私、かわいそうなことしちゃった」

泰一はマコから虫カゴを受け取ると、マコの手を引いてコブシの木の下まで行く。上ブタをあけて、動かないトンボをつまんで外に出した。

「マコちゃん、手を出して」

マコの手にトンボをそっとのせた。空気みたいに驚くほど軽い。それは少しの力でカサリとつぶれてしまいそうなほど繊細《せんさい》だった。泰一は石ころを拾うと地面を掘《ほ》り出した。

「トンボさんのお墓を作ってあげようね」

マコもそうしようと思っていたから、大きくうなずいた。一緒に土を掘りたかったけれど、マコはトンボをそのまま大切に両手にのせたまま、泰一が土を掘る姿をじっと見ていた。

小さな穴ができあがると、トンボを入れ、上から土をかぶせた。それからオッサンが作った陶器でできた鮮やかな緑色のタイルを一枚持ってきて、その場所に印として置いた。

泰一とマコは並んで目を閉じて、お墓に手を合わせる。

泰一はまぶたをあけると緑のタイルを見つめた。

「僕には具体的な神様がいないんだ。でもいつだってこんな時は、なぜだか手を合わせて祈ってしまう。いったい僕は何に向かってお祈りしてるのかな。すでにこの世界にはいないトンボの命にだろうか。それともいるとも思えない神様にだろうか。それとも自分自身にだろうか。マコちゃんは今誰にお祈りしたの？」

マコはそんな難しいことを突然聞かれてもわからなかった。でも手を合わせた時、トンボのことを考えていた。

「私は、トンボさんに、ごめんねってあやまって、それから土に帰ったら、そのあときっと次はきれいなお花になれるよ、って心の中で言ったよ」

「そうかあ、マコちゃんはやっぱりユニークだね」

泰一は明るくそう言うと、空に向かって大きな伸びをした。

その日を境に泰一は、吉本太美術教室にちょくちょく顔を出すようになった。一緒に絵を描く時もあれば、ただマコたちが描いている傍《かたわ》らにいるだけの時もあった。泰一が来ている時間は、オッサンはなぜか二階に上がってくることはなかった。

泰一の絵には、誰もが認める卓越《たくえつ》したテクニックがあり、吉本太にもない繊細さがあった。けれどその絵をオッサンはかたくなに見なかった。

翌年、泰一は卒業論文を提出した後、ヨーロッパを回ってくると言って、卒業旅行に出かけて行った。マコは春まで泰一が教室に来ないのを寂しく思った。

11

「アップル、今日も寒いよ。はやく帰ってお家でホットカーペットの上で遊ぼう」

まだ散歩を続けたいアップルのリードを引っぱって、家に戻ったマコは、いつものようにポストを開けた。

見なれない封筒《ふうとう》が届いている。手に取るとそれはマコが知っている封筒とはちがう薄くて軽い半透明の紙でできている。英語で「to Mako Ebihara」と書いてあり、裏返すと「from Taiichi Yoshimoto」とある。

「泰一さんだ。外国からお手紙が届いた！」

マコは玄関でアップル犬からリードを外すと、靴もそろえずコートもその場に脱ぎ捨てて、あわてて子ども部屋に駆けこんだ。それから机につくと、生まれて初めて届いた自分宛のエアメールの封をあけた。

薄くて触り心地のいい紙でできた封筒と、エッフェル塔《とう》の美しい切手に感激して、しばらく読まずに触ったり眺めたりしていた。

手紙は卒業旅行先のヨーロッパからで、フランスのパリの美術館にモナリザという絵があるんだよとか、ベルギーで食べたチョコレートがおいしかったとかいう内容だった。日本に帰ったらまた遊ぼうね、とも書かれていた。マコは泰一からのエアメールがうれしくて、その晩は枕元《まくらもと》に置いて眠った。

それからしばらくして、パリに滞在《たいざい》しているという二通目の手紙が泰一から届いたので、パパに外国の住所の書き方を教えてもらって、すぐに返事のハガキを送った。

こうして二人の文通が始まった。泰一からの手紙は日記やメモのような時もあったが、マコはこの手紙を、毎回とても楽しみにしていた。

やりとりは、泰一が卒業旅行から帰国した後も続いていた。

マコちゃんへ

お元気ですか。お手紙ありがとう。

日本に帰国して一週間が経ちました。手紙にあった昨年の父の日パーティの話を読んで、太さんが口にクリームをつけたままケーキを食べる姿を想像して、思わず声を出して笑いました。一人暮らしの太さんのために父の日の会をしてくれたんだね、ありがとう。

僕には父の日どころかクリスマスもお正月もほとんど太さんとの思い出はありませ

ん。だから太さんと仲良くできるマコちゃんがとてもうらやましいです。

マコちゃんは絵描きさんになりたいとお手紙に書いてありましたね。将来の夢を僕に教えてくれてうれしかったです。それはすてきな夢だね。マコちゃんの絵は見た人を明るくする力があると思います。でも僕はちょっと心配です。絵を描くことを仕事にするのは大変なことだからです。

僕の両親は二人とも芸術家です。なかなか作品が売れず、いつもうちはお金がなくて、家族の食費すらままならない時期もありました。給食費が払《はら》えなくて、クラスメイトに陰口を言われたこともあります。母はなんとかして生活費を稼《かせ》ごうと美術教室を開いたりしていたけど、太さんはそんなことはおかまいなしでした。彼は自分の息子よりも、芸術を愛しています。太さんは作品を作り始めると、家族でごはんを食べたり、温かいお布団で眠ることはどうでもよくなってしまいます。父親である自分より、芸術家である自分をすべて優先してしまいます。ごくあたりまえの日常の大切なことをすべて忘れてしまうのです。

マコちゃんから庭にある小屋について聞かれたことがありましたね。あの時、僕は半分ウソをついてしまいました。あそこは確かに子ども部屋でしたが、太さんが言うように僕たち兄弟にとってはお仕置き部屋でもありました。

ある日、作品制作が思うようにいかない太さんが、いつものように酒に酔って暴れていました。

もう耐《た》えられなくなった母は、その日ついに家を出ることに決めました。

「あの時、私、まずクローゼットをあけて、家出する時ってどんな服がふさわしいのかしら？って、そんなふうに思ったのよ、なんだかおかしいでしょう？」と、今でこそ母はその時のことを、なつかしそうに笑いながら話します。

彼女は家出用に服を選んで、僕に向かって「泰一、時間割を見なさい。明日学校で使う教科書をカバンに詰め込みなさい」と言いました。けれど、僕はもうこの家には二度と帰って来られない気がして、明日の分だけではなくすべての教科書やノートをランドセルにパンパンに詰め込んで、母と庭に出て、軽自動車に乗りました。兄は自ら選んで家に残ることを決めました。

思ったとおり僕は、そのままあの家に帰ることはなかった。

芸術の世界に入ってしまったら太さんのように、大切な人を傷つけて失って最後には一人きりになってしまうのではないか、と僕はどこかで思っています。汚いところを持っている人間だからこそ美しさに惹《ひ》かれて、美しいものを作れるのだと思います。

それに太さんはいつも孤独で悩んで苦しんでいます。

だから、マコちゃんが画家になりたいと聞いて僕はとても心配になってしまいました。

マコちゃんはこれからきっと新しいお友だちもできて、もっといろいろな世界を知ることになるでしょう。だから将来のことはゆっくり考えるのもいいかもしれません。

まだ子どものきみにこんな手紙を出すことを迷いました。

僕は少し大げさでおかしいのかもしれない。もしも傷つけてしまったらごめんなさい。

僕はもうすぐ社会人になります。自分のこともう一度じっくり考えてみようと思うよ。

また会える日を楽しみにしています。パパさん、ママさんにもよろしくお伝えください。

泰一より

泰一さんへ
お元気ですか。お手紙ありがとうございます。私はパパとママといっしょにごはんを食べたりお話しするのが大好きです。泰一さんがオッサンと仲良しでないのは、とてもかわいそうだと思いました。

オッサン先生もちょっと変わってるしお酒の飲みすぎだし、時々怒ったりする時もあるけど、オッサンの絵も彫刻も涙が出るほどきれいなので、私はいっしょにいるのが楽しいです。

同じように泰一さんといっしょに遊ぶのも楽しいです。

絵を描くことがそんなに大変でこわいことなのか、私にはまだよくわからないけど、絵を描くことをやめたくないです。

なぜなら、好きなことをやめるのはとてもつらいと思うからです。私は将来画家になれるかわからないけれど、もしも画家になれなくても、どんな時もずっと絵を描いていたいと思います。好きだからです。オッサンも作るのがただ好きなだけだと思います。

泰一さんといっしょに絵を描いていると、泰一さんも絵を描くのがとても好きなんだなと思います。泰一さんもこれからたくさん絵を描いたらいいと思いました。今度いっしょにお絵描きして遊びたいです。

マコより

マコちゃんへ
こんにちは。ここのところ寒い日が続きますが、かぜなどひいてませんか。

お返事受け取りました。ありがとう。

マコちゃんの夢に水をさすようなことを書いてしまって後悔しています。

好きなことをやめるのは、確かにつらいことですよね。

大学の卒業まであと少しです。みんな未来への希望に満ちあふれている中、僕もワイワイ仲間とお酒を飲んだりしてさわいで、楽しい日々を送っています。

時々、僕の人生は本当にこの道でいいのかなあ、だなんて、不安になったりあせったりしています。そんな時こそ、難しいことは考えずに自由に絵を描くことができたらいいのかもしれないね、とマコちゃんの素直なお手紙を読んで思いました。

でも、僕はもう描くのはやめにしようと思います。マコちゃんのように自由に描けないし、僕の場合、絵を描くとつらくなるからです。

マコちゃんはなぜ絵を描くのかな?

マコちゃんが絵を描いてもつらくならず、大切な人や自分自身を助けるために描けるなら、やっぱり応援しようと思いました。またマコちゃんの絵を見せてください。

楽しみにしています。お元気で。

追伸　旅先のドイツで見つけたおみやげを持って、近々会いに行きますね。

泰一より

五年生の終業式も終わった春休みの初めの日は、公民館で行われる「こども会」のバザーだった。マコもクラスメイトに誘われて、遊びに行ったけれど、会場についてすぐに、帰ることにした。思ったよりたくさんの人で、会場がごった返していたからだ。マコはにぎやかな場所があまり得意ではない。長い時間人混みにいると、目がまわってしまう。

友だちとわかれて一人で公民館から家まで帰る道の途中に、マコと会えば必ず勢いよく吠《ほ》える柴犬《しばいぬ》がいた。

今日もその家の玄関先につながれている柴犬は、マコに向かってワンワン吠えてきた。以前のマコならすかさず得意の動物の鳴きマネで犬に対抗していたが、今では、犬相手に吠えたり、カラスに話しかけたりするのは、やめるようになった。

その日はいつにもまして柴犬が吠えるので、マコはわざと、あんたなんか気にしてないのよ、とすました顔で通りすぎようとした時だった。

「あらマコちゃん、こんにちは。今帰り？」

後ろから話しかけてきたのは、ユウのお母さんだ。

「あら、これはこれは、ユウちゃんのお母さんでしたか。こんにちは。いつもお世話になっております」

姿勢を正すとていねいに、なるべく大人みたいな口調で挨拶をした。

パパは「マコには赤ちゃんの部分と大人の部分があって、僕はそのマコのギャップがおもしろいと思うよ」と言う。

ユウのお母さんもマコの大げさなくらい大人びた言葉づかいと、ふだんのマコとのギャップというヤツがおもしろかったのか、なぜか声を出して笑った。それからマコの肩に手をそえた。

「マコちゃんはしっかりご挨拶できてえらいね。ユウもこんなふうにマコちゃんみたいにご挨拶できたらいいのにね。今、おばちゃん、マコちゃんの家からの帰りなのよ。吉本先生の息子さんがいらしてるって聞いてお会いしてきたの。泰一さん、とってもかっこいいお兄さんね。吉本先生の息子さんとは思えないわ。マコちゃんが帰ってくるの待ってるみたいよ。寄り道しないで早くお家に帰ってね」

ユウのお母さんは、手をふってスーパーマーケットのほうに歩いていった。

マコは泰一が家に来ていると聞いて、すっかりうれしくなった。最後にマコが泰一からもらった手紙には「ドイツで見つけたおみやげを持って、近々会いに行きますね」と書いてあった。もしかしたらそれを届けに来てくれたのかもしれない。

マコは吠える柴犬の声を背に、家まで走った。


玄関をあけると泰一の話し声が聞こえる。

「わーい。泰一さんだ！」

マコは息を切らせながら、リビングの引き戸を勢いよくあけた。

「やあ、マコちゃん。久しぶりだね。少し背が伸びてお姉さんらしくなったかな」

泰一は席に着いたままふり返ると、変わらないさわやかな笑顔でマコに話しかけた。それから足元に置いてあった白い紙袋の中から、仔犬《こいぬ》くらいの大きさのシュタイフのテディベアのぬいぐるみを差し出した。

「はい！　マコちゃんへのおみやげは、ドイツ出身のクマさんだよ」

「わーい。ありがとうございます！　泰一さん、ねえ、この子と一緒に私のお部屋で、遊ぼうよ！」

マコがおみやげのクマを抱えて、さっそく泰一を子ども部屋に誘うと、ママは口元に人さし指を当ててシーッと合図をした。マコはあわてて自分の口を手でふさぐポーズをした。

「マコ、今パパと泰一さん、大切なお話をしてるから、もしも静かにしてられないのなら、子ども部屋でアップルと遊ぶか、お絵描きしていてちょうだい」

「わかった。私、静かにできるから、ここにみんなと一緒にいてもいい？」

マコが小さな声で聞くと、ママも小さくうなずいた。

それから邪魔にならないように、部屋の隅にクマのぬいぐるみを抱えたまま座って、そっとパパと泰一の話を聞いていた。泰一からの手紙を繰り返し読んでいたので、空気の重さに面食《めんく》らうことはなかった。それでも泰一と一緒に遊べると期待していたぶん、少し残念だった。

泰一との手紙の内容については、パパやママにはいっさい話していない。泰一と自分の間の秘密なのだ、とマコは思っていた。

その日の泰一はパパとママを前に、自分の話に夢中だった。いつもは人の話をじっくり聞いてやさしく応えてくれる泰一だったので、その話し方は意外だった。マコが知っている泰一とは少し違う印象だ。

「僕の記憶にある太さんは傍若無人《ぼうじゃくぶじん》でした。兄は残ると言うので、母、キヨコさんは仕方なく中学生だった兄を残して、幼い僕を連れてあの家を出ました。それからキヨコさんはアーティストの道は断念し、息子たちのために懸命に働いたんです。そしてやっとフローレンス美術教室を再開させました。事業は大成功して教室はみるみるうちに大きくなり、都内の一等地にビルを建てるまでになりました。そうして兄を呼びよせました。その頃には、兄は太さんとの生活に疲れ果てていましたし、父親を深く憎むようになってしまっていたんです。キヨコさんと僕たちが出ていってしまってからの太さんの生活は、さらに荒《あ》れて酒びたりだったようです。兄は庭にある小さな小屋で、そこにほとんど一人暮らし状態で暮らしていました。夏は暑いし、冬なんて枕元においた水が凍《こお》るほどだったと言います。太さんはろくに働かないし、彫刻が売れたら売れたで、すぐに新しい窯《かま》を買ってしまったり、生活のことはまったく考えていません。兄は口にこそしませんが、過酷《かこく》な生活だったんだろうと思うんです」

「なるほど。泰一さんのお兄さんもずいぶん苦労したんだね。それにお母様は立派な人ですね。僕は泰一くんのお母様、吉本キヨコさんの本を読んだことがあるけれど、美術教育の新しいメソッドには驚いたよ。すばらしいよね」

パパはそう返すと、また身を乗り出して話を聞く姿勢になった。

「キヨコさんはバイタリティがあり、とても賢《かしこ》く強い女性です。それに比べて太さんは弱い人です。自分に正直に生きるといえば聞こえがいいけど、まわりはとても迷惑ですよ。僕は太さんのような大人にだけはなるまいと、ずっとそう思って勉強してきました。けれど最近、僕の体の中に太さんのとてつもなく濃い血を感じてしまうことがあるんです。時折どうしようもなく気になってしまって、あの人に会いに行きたくなってしまう。兄のように太さんを憎んで嫌いになれればどんなに楽だろうか、と思います。僕の中に流れるあの人の血を感じる時、とても自分が嫌いにもなります」

泰一はそこまで話すと、冷めたコーヒーをすすった。

パパはうんうん、そうですか、とじっと彼の目を見つめて話を聞いている。

泰一は姿勢を正すと、少し笑ってこう続けた。

「太さんは自分を天才のイケメンだと思っているし、バカみたいにナルシストなんです。けれど、他人にほめられると、なぜか機嫌が悪くなります。

常にすべてがアンビバレンツで不安定。あの自由で囚《とら》われない作品の趣《おもむき》とは逆に、本人はとても生きにくくて不自由な人なんです。まるで自意識のヒモでグルグル巻きになったアーティストそのものです。太さんは、家族がどんなに生活に困っても、美術教室なんか絶対やるもんかって。俺は芸術家だから、彫刻で食っていくんだ、彫刻で有名になってやる。子どもなんかに教えるなんてできない。教師になんてなるもんかっていつも言っていました。あの人はどんなにかっこつけたって、結局仙人《せんにん》にもなりきれず、家族も守れず、野心に囚われた中途半端《ちゅうとはんぱ》な人なんです」

泰一が父、吉本太について語る姿は、最大の天敵について話しているようにも、遠くて手の届かない憧《あこが》れの人物について話しているようにも感じられた。

それから突然、泰一はマコに目を向けた。その視線が驚くほどオッサンに似ていて、マコは一瞬混乱した。

「でも、太さんがあんなにいやがっていた美術教室をやり始めたって聞いて、しかも小学生の女の子に基礎《きそ》から教えてるって、連絡をもらった時は、もう、本当にびっくりしましたよ。どういう風の吹き回しなんだろうって。正直マコちゃんに嫉妬《しっと》したくらいです」

パパは頬杖《ほおづえ》をついたまま、うなずいた。

「確かにね。うちとしては、吉本先生に出会えて、こうして泰一くんともご縁《えん》ができてありがたいけれど、なんで、うちのマコに絵を教えてくれる気持ちになったんだろうなあ?まあ、マコがしつこかったんだろうと思うけどね」

「だからこそ、僕はマコちゃんについて知りたくなったんです。太さんが息子である僕には決してしてくれなかったことを、どうして他人のこの子にはしているんだろう?って。でも、マコちゃんに会って、一緒に絵を描いて過ごしたり、手紙のやりとりをしたりして、なんとなく父の気持ちがわかりました。父はマコちゃんといると素直だし楽しそうです。マコちゃん、いろいろありがとうね」

マコは、この場にいる大人が思う以上に、自分は話の内容を理解できていると思ったからこそ、どうしていいかわからなかった。モジモジしているとパパが代わりに話し出した。

「そうか、つまり泰一さんは、それで今、将来を迷ってるわけですね。本当は芸術の世界に興味がある。いや、興味どころではなく強く惹かれている。サラリーマンになったらその道が断たれるんじゃないかって思っている。でも、そこに行ってしまったらお父さんのようにいつか独善的になって結果、孤独になるのが怖いんですよね。そうでしょう」

パパはまるで自分の話をするかのような口調だった。

「そのとおりかもしれません。人の幸せとはなんなのか、確かに今自問自答を繰り返しています」

「そうだねえ、わからないけれど、ただ僕は人の幸せは決して平均値では測れないと思っているよ」

「それは、どういうことなんですか?」

「うーん、ほら、みんながこのくらいのレベルの生活をしてるからとか、この年齢になったらもう結婚しなきゃとかさ、そういう平均値があってクリアするとまあまあ幸せな気がして安心する、みたいな。そんなふうに幸せってまわりと比べるものではないでしょう。それこそ人それぞれというか」

「でも、僕はもう決めたんです。きっと、安心で安全ないわゆる普通の日常に幸せがあるのだと信じたいんです。父のように家族を傷つけてボロボロになって世間に後ろ指をさされてまで、売れない作品を作り続けて、『俺は芸術家だ』なんて言うのはうぬぼれがすぎます。それに僕だって母には苦労かけて、大学まで出させてもらったので、これから親孝行もしたい。来週はいよいよ入社式です。芸術の道に後ろ髪ひかれている暇なんてありません。人々の役に立つ社会人になるのが僕の目標です」

泰一はパパの話を打ち切るように強い口調でそう話すと、意志のある顔つきをした。その意志はどこに向かっているのか、マコにはわからなかった。

「わあ、泰一くん、いよいよ社会人一年生だね！　それはおめでとう。お祝いをしなきゃいけないわね。でも、入社すればすぐに忙しくなっちゃうんでしょう？」

ママは入れ直した熱いコーヒーを泰一に差し出しながら、大げさなくらい明るく話題を変える。

それからも、大人たちの話はまだ続くようだったので、マコは泰一からもらったクマのぬいぐるみを抱えて、子ども部屋に戻った。

そのクマをさっそく窓辺に飾る。オッサンにどことなく似ているな、と思う。それを見ていてマコはふと思い立った。オッサンの似顔絵を描こう。画用紙と色鉛筆を取り出す。父の日はまだまだ何ヶ月も先だけど、今描きたい。無愛想なオッサンだけど、このクマみたいにかわいく描こうかな。

下書きはとても順調だった。

トントン。

子ども部屋のドアをノックする音がする。泰一だった。

「僕、そろそろ失礼するよ。今日はありがとう。マコちゃんのパパとママとすっかりいろいろおしゃべりさせてもらっちゃった。おっ。あれ？　マコちゃん、お絵描きしてるの？新作かな？」

「泰一さん！　もう帰っちゃうの？　その前に見て見て！　泰一さんからのおみやげのクマさん、オッサンに似ているでしょ。今年のオッサンへの父の日のプレゼントにする絵を描いてるんだよ。オッサンクマを描くの」

泰一は子ども部屋に入ると、床で絵を描くマコの隣にひざを抱えて座り込んだ。それからその絵をのぞき込む。

「ねえ、このオッサンおもしろいでしょ!?　オッサンてさ、クマのぬいぐるみみたいなんだもん。この子の名前、フトシの『フーさん』にしようっと」

マコはそう言って、泰一の顔を見て驚いた。泣いているのかと思ったからだ。泰一は泣いていなかった。正確に言えば泣いているみたいな顔で笑っていた。一瞬の間《ま》のあと、マコは元気に泰一に話し出す。

「泰一さん、この絵を見て泣いてるのかと思った。なーんだ、笑ってたんだあ。よかった！　ねえ、この絵おもしろいでしょう。オッサンもこれ見たら、きっとヘタくそ！とか言いながら喜んでくれると思うんだよね」

泰一はマコに気持ちを悟《さと》られたと思ったのか、もしくは救われたと感じたのか、少し上の空で返事をする。

「そうだねえ、確かに似てるかもな」

「うん、似てるよ絶対。クマさんて怒ると怖いけど、やさしくてかわいいしね。あっ！　父の日は吉本太美術教室でパーティするから、泰一さんも絶対来てね。オッサンもああ見えて泰一さんが来ると、とってもうれしそうだから」

「そうかな。でも、そうだね。マコちゃんがそう言うのなら、きっと僕、父の日パーティに参加するよ」

「やったあ！　約束だよ。よーし、オッサンクマ、いい絵にしなくっちゃね」

泰一はしばらくマコが描くのを黙って横で見ていたが、腕時計に目をやった。

「そろそろ帰るね。いろいろありがとう。オッサンクマ、完成を見るのを楽しみにしているよ」

そう微笑んで、子ども部屋を出ていった。

12

六年生になってからの吉本太美術教室の授業は、ますます難度を増していた。

オッサンはマコとユウにさらに熱を入れて厳しく絵を教えた。そのせいなのか、他の理由からなのか、ユウは美術教室を休みがちで三回に一度くらいしか顔を出さなくなっていた。反対にマコは絵を描くことにどんどんのめり込んでいった。特にマコのデッサンやクロッキーは、大人が描いた絵なのではないかと思われるほど上達していた。

マコが絵を描くこと以外に気を取られていると、オッサンはすぐに見抜く。

「そんなことはどうだっていいんだよ！　ほれ！　集中して描け。絵を描くことはこんなにも楽しいんだ。こうして色を塗り続けていると、ある刹那《せつな》、深くて底の見えない色が見えてくる。そこまで重ねろっていつも言ってるだろ。俺は大人の絵も子どもの絵も集中力のある絵が好きなんだ」

そういえば最近、オッサンから「子どもはやっぱりヘタくそだな」という言葉を聞かなくなった。

それにオッサンはトラックの運転の仕事を減らして、自分の創作活動もずいぶん精力的にこなしているようだった。

オッサンの作る作品はどんなに抽象的《ちゅうしょうてき》でもグロテスクでも、どこかぬけていて、かわいらしい雰囲気があり、やさしく話しかけてくるみたいだ。

吉本太美術教室は世界から忘れられた孤島だ。まるで時間が止まっているかのようなその空間は、マコにとってはなくてはならない心地のいい居場所になっていた。

バラックのようなボロ小屋、植物がたくさん生い茂る庭、オッサンが作った彫刻たちも異国から吹いてくるような風も、それらすべてがマコをやさしく見守ってくれていた。


春はいつもめまぐるしく過ぎる。

「泰一さんから最近お手紙が来ないな」と心配するマコに、「きっと泰一くんは就職してとっても忙《いそが》しくがんばってるんだと思うよ。彼は優秀だから出世するぞ。マコもどんどん絵を描け」とパパは笑う。

そんな話をしていたちょうどその頃、マコ宛に泰一から手紙が届いた。マコは読みながらひどくがっかりした。パパの言うとおりだった。泰一さんは忙しいんだな、でもあの時、確かに約束したのに、と思った。

マコちゃんへ
お元気ですか。マコちゃんも、もう六年生ですね。勉強やお絵描きをがんばっていることと思います。

僕はというと、まだ新しい生活に慣れなくて少し疲れ気味です。

マコちゃんから父の日のパーティに誘ってもらってうれしかったです。でも残念だけど僕は仕事で参加できそうにありません。だからマコちゃんのマネをして太さんの似顔絵を描きました。

マコちゃんから太さんに渡してもらえればうれしいです。

泰一より

白い便箋《びんせん》に書かれた短い手紙と一緒に、宛名のないハガキの裏に描かれたオッサンの顔の絵が同封されている。

マコは、その絵を見て小さく「わっ」と声を上げた。

写真と見間違えるほどのデッサン力で描かれたオッサンは、ランランとした光る目でまっすぐに、こちらを強くにらみつけていた。今にも叫び出しそうな口元は、実際のオッサンよりも野性的かもしれない。ハガキを顔に引き寄せて細部を観《み》ると、筆圧が生々《なまなま》しく、鉛筆の線が放つ光の反射が強くまぶしかった。絵の中の吉本太の鬼気《きき》迫る表情をずっと見ていると、怖くなって思わず裏返した。裏返したとたん、目に飛び込んだ赤い線で印刷された郵便番号を書くための四角が、何か別の暗号に見えた。

マコは父の日のプレゼントなのだから、笑顔のオッサンを描いてあげればいいのにと思った。それと同時にこの絵をすごいとも思う。細かくて的確な鉛筆の線も、荒々しく感情的な線も写真なんかよりもずっとリアルだ。

泰一さんはどうして絵をもう描きたくないなんて言うのだろう。もしもこんなに絵が描けたなら、たくさん描いてみんなに見せて自慢したり、コンクールに出したりするのにな、とマコは思う。

父の日まではまだ一ヶ月あるので、マコは泰一から預かったオッサンの顔が描かれたハガキをスケッチブックに大切にはさむと、クマのフーさんをその上に座らせた。

赤いスケッチブックを座布団にしたフーさんは、少し緊張して見えた。

それは、泰一からの手紙とオッサンの顔の絵が届いた一週間ほど後のことだった。

マコは眠い目をこすりながら、ママに急《せ》かされて学校に行く支度をしていた。

「マコ、遅刻《ちこく》するよ。さっさと食べちゃって」

「今日は朝ごはんいらないよ。起きたばっかりだと食べられない」

「食べなきゃダメよ、今日は体育もあるんだし、給食までもたないよ。牛乳とトーストだけでもいいから食べなさい」

いやいやながらテーブルについて、トーストにバターを塗る。

ピンポーン。

間延びした玄関のチャイムが鳴ったのは、マコがトーストを一口かじったその時だった。

「こんな早い時間に誰かしら？　ごめんマコ、ママ、今目玉焼き焼くのに、手が離せないからちょっと代わりに出て」

もう、食べろ、とか玄関あけろ、とかどっちだよ、と言いながらマコはしぶしぶ玄関まで行く。テーブルの下で寝ていたアップル犬も立ち上がると、後をついてきた。

「はーい。今あけますねー」

扉をあけると、そこに立っていたのは吉本太だった。

目を見開いて口を半びらきのまま、ぼう然と立ちつくしている。顔色が真《ま》っ青《さお》だ。震えているようにも見える。

「オッサン先生！　どうしたの？　大丈夫⁉」

いつもと違うオッサンの姿に、マコは朝の挨拶もせず思わずそうたずねた。それでもオッサンは、一点を見つめたきり何も答えない。

「ママ‼　ママ！　オッサンが来た！　なんか変だよ‼」

マコのただならぬ大きな声に、ママも玄関にあわててやってきた。

「あら、吉本先生、おはようございます。どうかしましたか？　顔色がとても悪い。ささ、立ってないで、とにかく中へ、こちらへ入ってください」

そういうママの顔をしばらく見つめていたオッサンは、いきなり小さな子どものようにワンワン声を上げて泣き出した。

「泰一が死んじゃった。泰一が死んじゃった。どうしよう。泰一が首を吊って死んだ」

鼻水をたらして顔をクシャクシャにして泣きじゃくりながら、そう何度も繰り返す。そしてその場にしゃがみ込んでしまった。

「それは大変なこと、それは大変なこと」

ママはそれしか言葉にできず吉本太に駆け寄ると、背中をさすった。

マコはアップル犬にピッタリくっついて、その様子をじっと見ていた。

さっき飲んだ牛乳と一かけらのパンが胃の中から、のどの辺りに戻ってきて、きゅうきゅうと少し痛かった。

あれから、泰一とは会っていなかった。手紙のやりとりも途絶《とだ》えていた。オッサンの話によると、昨日泰一は会社を休んでいたが、朝も変わった様子はなくアメリカンチェリーとヨーグルトを食べて、ゆっくりキヨコさんと二人でコーヒーを飲んだ。午後、キヨコさんが買い物に出かけたその短い時間の間に、自ら命を絶《た》ってしまったというのだ。今朝《けさ》キヨコさんからオッサンに連絡があって、オッサンは一日遅れで息子の死を知ったのだ。どうしたらいいかわからなくなって、マコの家にやってきたのだろうか。

泰一の死は遺書も何もなく、思い当たる節もない。理由は誰もわからない。誰もがうらやむ一流企業に就職して、社会人としてスタートラインに立ったと喜んでいたその矢先の出来事だった。誰がどう見ても、泰一の順風満帆《じゅんぷうまんぱん》で幸せな人生が始まったように見えた時だった。

オッサンは一通り話すと少し落ち着きを取り戻したようで、ママが持ってきた熱いお茶を一杯飲んでから、

「俺は大丈夫です。死んだりしない」

と顔を上げた。

しばらくしてオッサンは、ママに車で送られ帰っていった。

マコはその日学校に行けなかった。自分でも気がつかないうちに空っぽの右手を握りし

めていたようで、手を開こうとしても痺《しび》れてしばらくうまく開けない。

夏休みに母家に忍《しの》び込んだ日に、初めて出会った時の泰一の体からした石鹸の香り。子羊の肉を食べて「こんな小さな命をいただくなんて、なんだかかわいそうだな」とつぶやいた声。にこやかにていねいに言葉を選びながら話す姿。一緒に作ったアキアカネのお墓。それから手紙のやりとり。

昨日まで泰一は確かに生きていた。きっとまた顔を合わせて、特別で大切な話をするのだろうと思っていたのに、泰一は死んだ。しかも自ら選んで死んだ。死んだ人とは二度と会うことはできない。この世界に泰一は、もういない。物語の中の出来事ではないことはわかっているけれど、マコはその事実をちゃんと理解できない。

理解できていないはずなのに、今までとても遠くにあった「死」という言葉が、まるでまつげの先ほどの距離にある感覚に襲《おそ》われて怖くなる。どうやって悲しんだらいいのかさえ、マコはわからなかった。

廊下に座り込んでいるマコの耳に、リビングから学校をお休みする旨《むね》の電話をかけている、ママの声がかすかに聞こえてくる。

マコは子ども部屋に行くとクマのフーさんを脇に置いて、アップル犬にたずねた。

「ねえ、アップル、教えて。私ね、泰一さんとまた美術教室で遊ぼうねって約束してたの。

ねえ、アップルどうして？　どうして泰一さんは死んじゃったの？」

アップルはクンクンと鼻を鳴らすだけだった。それからマコの鼻の頭をペロリとなめた。

13

「もしもし、海老原です。あら、吉本先生、はい、はい。わかりました。マコに伝えますね。お大事になさってください。何か必要なら、すぐに伺《うかが》いますから遠慮《えんりょ》なく言ってくださいね」

電話に出たママはとても心配そうにしていた。

日曜日の朝、マコがすっかり支度をして美術教室に出かけようとしている時だった。

あれから美術教室はお休みとなっていた。ママがオッサンの気持ちを思い、しばらく教室もお休みすることを提案したのだ。

今日はしばらくぶりの教室のはずだった。マコなりにオッサンにかける言葉を、昨晩からずっと考えていた。

ママは受話器を置くと、マコが赤ちゃんの頃から使っているスヌーピーのプリントのついたグラスに真っ赤なシソジュースを注《そそ》いだ。

「吉本先生は頭が痛いから、美術教室はお休みだって。お部屋でお絵描きしてらっしゃい。お昼ごはんになったら呼ぶから」

シソジュースをマコに差し出した。

「えーせっかく準備してそろそろ出かけようと思ってたのに。オッサン、熱あるの？　大丈夫かなあ」

「声はいつもと変わらない感じだったけど、先生のほうからお教室をお休みするなんて連絡がくるのは初めてだし、ひどいのかもね。心配だし、ママあとで、何か作って持っていくよ」

「私も一緒に行きたい！」

「マコはお家にいなさい。それに先生、あなたみたいなうるさいのが来たらよけい具合悪くなっちゃうよ」

「はーい、お留守番してますうー」

マコは返事はしたものの、ふてくされたように口をとがらせてシソジュースを一口飲んだ。

ピンポーン。

玄関のチャイムが鳴った。

ママはパタパタとスリッパの音を鳴らしながら、リビングを出ていった。

「あら、ユウちゃん、迎えに来てくれたのね。でも、ちょうど今、吉本先生からお電話があって、今日先生、頭痛で美術教室はお休みなんだって。マコが退屈だってガッカリしてたとこ。さ、入って、おやつでも食べてって」

「ありがとうございます。お邪魔します」

ドアの向こうからそんなママとユウのやりとりが聞こえたので、マコはうれしくなって、廊下に飛び出した。

「ユウちゃん、ちょうどよかった。私のお部屋で遊ぼう！　それからあとでミドリ公園に行く？」

ユウは、相変わらずうんともすんともないような表情で、マイペースに玄関で靴を脱いだ。

マコとユウは子ども部屋でシソジュースとビスケットを食べながら、初めのうちは漫画本を読んだり、画用紙に落書きをしたりそれぞれ好きに時間を過ごしていた。二人の部屋での遊び方は、同じ空間にいながらあまり干渉《かんしょう》もし合わず、それぞれ好きなことをするのが常だった。ある時なんて、マコがいつのまにか一人で昼寝してしまったらしく、起きたらユウはもう帰っていたこともあったくらいだ。けれど今日は、突然、ユウが神妙な様子でマコに話しかけた。

「ねえ、マコ。私、吉本太美術教室、やめる」

マコは右手に持っていた色鉛筆を床に置いたが、想像していなかったユウの言葉になんて反応したらいいかわからず、黙っていた。

いつもなら何にでもすぐに反応をするマコが無言なので、ユウは眉間にシワを寄せて少し困ったような顔つきをした。それからていねいな調子でゆっくり話し出した。

「ねえ、マコ、オッサンのこと。みんながなんてうわさしてるか知ってるでしょう？

五年生だった頃の給食委員会の時だって、マコ、あんなふうにみんなの前で言われて、くやしかったでしょう。私、あの時、見てられなかったよ。西岡修は許せないよね。あれから、クラスで私だって、ずいぶんオッサンのことでからかわれたりして、ほとほといやんなった。それで、この前、うちのお母さんが近所の人から聞いてきたんだけど、ここ数日、土手の上を何か意味不明なことを大声で叫びながら歩いたり、美術教室の前を通る人を『俺を監視してることは知ってるんだぞ！　こっち見るな！』ってすごい顔で、どなりつけたりしてるって。ただ道を歩いてるだけの見知らぬ人にだよ？　前から変な人だったけどさ、やっぱり、あんまり付き合わないほうがいいんじゃないかな」

「なんで？　なんでユウちゃんまでそんなこと言うの？　オッサンは泰一さんが死んじゃ

って、今は悲しくておかしくなってるだけだよ」

マコは、震える声で反論した。確かにあの給食委員会での一件から、マコは吉本太美術教室について学校では話題にしないようにしていた。けれど、オッサンを遠ざけようなんて考えたこともなかった。

「うん。マコの言うとおりだよ。私もそう思うよ。まわりのうわさと本当のことはいつだって少し違ってる。それって学校の友だちの間でもよくあることだよね。それに私だってオッサンは悪い人ではないって知ってる。でも、どんなにきれいですごい作品を作れても、どんなに才能があっても、ちょっとあの人、普通じゃないのは確かだよ。

マコがあの美術教室に通いたいなら、私は別にとめない。マコの自由だと思う。でも私はやめる。もう行かない」

ユウは声のトーンを少し落とすと、こう続けた。

「私ね、中学、私立校を受験しようかと思ってるの、もっとまじめに勉強しないと受からないから、がんばらないといけないの。将来、なんになるかまだ決めてないけど、ちゃんと大学を出て就職して、人のためになる仕事をしたい。そのためには今からいい学校に行きたいと思う」

ユウはまっすぐな目でマコを見つめている。マコは顔を上げることができない。それでもユウは話し続けた。

「私も絵を描くのは好きだけど、まさか将来プロのアーティストになんてなれっこないし。プロの画家になるってほとんどが夢物語なんだよ、マコ。いくら有名な賞を取っても、ちゃんと生活できてる画家は日本にはほとんどいないって、うちのお父さんが言ってた。でもね、私、誰が何を言おうとマコが絵を描くことをこれからもずっと応援するよ。私はマコの描く絵が好きだよ。マコの絵は私の絵よりずっといい」

マコはようやく顔を上げる。するとユウは少し悲しそうに、「一緒に行ってあげられなくなっちゃってごめんね」とマコの目を見た。

マコはうなずくことさえできなかった。

ユウはオッサンを「普通の人じゃない」と言った。普通ってなんだろう。もしも「普通の人」というものが本当に存在するのならば「普通の人」じゃなければこの世界では排除《はいじょ》されてしまうのだろうか。ユウちゃんは勉強もよくできるし、きっと「普通」を知っているのかもしれない。

マコは今、ユウに向かって自分のこの気持ちを一つも表現できなかった。群青色《ぐんじょういろ》のちびた色鉛筆をただ握りしめて、スケッチブックにグルグルと渦《うず》巻《ま》きを描くのが精一杯だ。

ユウが私立中学を受験したいと考えていたなんて、思ってもみなかった。同じ中学に行って、日曜日には一緒にあの教室で、お絵描きするとばかり決めつけていた。そんなふうにユウ自身が自分の将来を考えていたことに、マコは小さなショックを受けた。意見が違っていても、進もうとする道が違っていても、ユウはマコの絵を認めてくれて、いい絵だと言って応援してくれる。それに比べてマコは、ユウについて考えたこともなかった。画家になりたいという自分の将来の夢も非現実的で、なんだか急にとても子どもじみているように思えた。ユウは人のためになる仕事をしたい、とも言った。絵を描いたって、とうていその絵が、誰かのためになるなんて思えない。

それから、オッサンが本当はどんな人なのか少しわからなくなって混乱した。

「私、今日はもう帰るね。また一緒に遊ぼうね」

ユウは立ち上がって、子ども部屋を出ていった。

やさしい大人みたいな声だった。

14

吉本太美術教室はこれからは私だけだな、とマコは思った。

教室がしばらくお休みだった間《あいだ》、マコは、自分はやっぱり絵を描きたいんだ、という気持ちを確かめながら過ごした。どんなにオッサンがみんなから嫌われても、自分だけはオッサンの味方でいようと思った。それは泰一の死と、マコ自身の学校での生きづらさが影響している。そしてユウと自分は違う人間で、たとえるならば、同じ絵を見ても、同じ音楽を一緒に聞いていても違う感じ方をしているということ。それぞれこれから歩む道が異なるという事実、そんな境界線が二人の間にあるというあたりまえの事実に、今までマコは気がつかなかった。それはとても前向きで、あるべき健全な境界線だということを、マコはまだはっきりとわかっていなかったけれど、ユウの率直な言葉のおかげで、今までとは違うスッキリした気持ちになったのは確かだった。

楽しみなはずの美術教室へ行くのに、マコは少なからず緊張していた。久々の美術教室の今日は父の日だった。

これからは、遠回りはせずに土手沿いの道から吉本太美術教室へ行こうと決めた。学校の誰かに見られて、また何か言われるかもしれない。けれどどうなろうとかまわないと思った。

「ママのママママレードマーマーレードマッマッマーマーレードレードレード♫」

小さくつぶやきながら、マーマレードケーキが入った箱とリボンをかけて丸めたオッサンの似顔絵を自転車のカゴにそっと入れると、マコはポシェットの中を確認した。泰一から預かった吉本太の顔の絵が入っている。

父の日だというのに空には厚い雲がかかっていて、今にも雨が降り出しそうだ。

マコは空を見上げたあと、急いで自転車にまたがると土手に向かって走り出した。

遠回りしないと決めた、この道はまっすぐだ。

土手の上まで自転車を押しながら、上がったとたん視界が開けた。風のにおいに草の青くささが混ざる。なんだか久々にここを通るな、と改めて思った。

オッサンはきっと落ち込んでるだろうから、なるべく明るくて元気な声で話しかけよう。いや、静かにしてほしいかもしれないからやさしく小さい声のほうがいいのかな。それからオッサンが喜ぶ話をたくさんしよう。でもオッサンが喜ぶ話ってなんだろう？　オッサンはママのマーマレードケーキが好きだから、食べたら元気になるかもしれないな。プレゼントにもきっと文句をつけるけど、自分がクマになってる絵を見ておもしろがって喜んでくれるかな。問題は泰一さんからのプレゼントをどうやって渡すかだ。マコはペダルをこぎながらいろいろと考えていた。

美術教室に着くと、赤い自転車を降りた。

いつものように葡萄の門をあけようとするが、開かない。オッサンは日曜日なのに鍵をあけるのを忘れてしまったようだ。

「オッサン先生、来たよー」

返事はない。

庭も家もシンと静まり返って、マコの声だけが響いた。

いないのかな。

マコは門に備えつけてある小さな棚に目をやると、いびつな犬の形をした金属製の呼び鈴を手に取った。相変わらず無愛想な顔をした犬を見て、クスッと笑った。

手に取るとやっぱりズッシリ重い。持ち上げると、金属の犬と目が合った。

「あなたのご主人様に聞こえますよーに」

マコは思い切って呼び鈴をふって鳴らした。

カラン、チリンチリン。

大きな音が土手に響く。初めてオッサンに出会ったあの時みたいだ。

カラン、チリン、チリン、チリン。

マコはオッサンを待つ間、玄関扉の横の白壁の裸の女性の彫刻を眺めていた。一、二分間の後、扉が重たそうな音を立てて開いた。

オッサンがのそのそと現れた。肩が落ちて少し痩《や》せたように見える。

「オッサン先生！　来たよー。門あけるの忘れちゃったの？　今日は父の日だから、ケーキとプレゼントを持ってきたよ！」

マコは満面の笑顔で手をふった。それから描いた似顔絵を早くオッサンに見せたくて、門の格子からぐいっと差し出した。

ポツポツと雨が降ってきた。

オッサンはこちらに向かってては来るが、一向にマコとは目が合わない。まるでマコに気がつかないかのように、ゆっくり葡萄の門に近づいてくる。オッサンは格子越しにいるマコの目の前で止まると、差し出されたプレゼントを何も言わずに受け取った。ピンク色のリボンをほどいて広げると、自分の似顔絵が描かれた画用紙をじっと見つめた。

「オッサン先生はふだんあんまり笑わないけど、笑うとチャーミングだから、笑顔のオッサン先生を描いたんだよ。しかもオッサンクマ。どう？　おもしろいでしょう？　私的にはとってもうまくいったんだけどなあ」

オッサンは黙ってその絵をじっと見ている。

「ねえ、はやく門をあけてよ。雨が降ってきた。今日は二人しかいないけど、父の日パーティだよ。マーマレードケーキを一緒に食べようよ」

「帰れ。ヘタくそ」

オッサンはマコのほうは向かずに画用紙に描かれた絵を見たまま、低い声でボソリとつぶやいた。

「え？　門をあけてよ。今日は日曜日だよ」

「こんなヘタくそな絵、持ってくるな！」

さっきより鋭い強い口調だった。マコがオッサンの顔を見たその瞬間、マコの描いた吉本太の顔はビリビリと音を立てて真っ二つになった。それから地面にハラハラと回転して裏返しに落ちた。白い画用紙に雨粒《あまつぶ》のシミがポツポツとにじむ。

オッサンはマコの描いた絵をどんなに厳しく批判しても、破ったり捨てたりしたことは今まで一度もなかった。

一瞬の出来事に、マコはすぐには何が起こったかわからなかった。立ちすくんでオッサンをひたすら見ていた。泰一の絵と同じ顔だ。泰一もこの顔を見たことがあるのだ。

「グオ～ッグオ～ッ」野獣《やじゅう》のような叫び声だった。

目を離すことができたのは、オッサンが叫んだからだ。

門の格子を両手でつかんで壊れるかと思うぐらいガタガタ揺らしながら、怒り狂っている。

オッサンがオッサンでないみたいだ。

「帰れ！　二度と来るなよ！　俺にかまうな‼　俺といるとおまえも不幸になるぞ。今度ここに近寄ったら、あの小屋に閉じ込めて二度と外には出さないぞ！」

さっきより強く降りだした雨の中、マコは一目散に家まで自転車のペダルをこいだ。怖かった。泣きながらこいだ。雨のおかげでマコが泣いているのかは、すれちがう人にはわからないだろう。

泰一さんが言っていたことは本当なんだ。ユウちゃんもあの人は危ないって言っていた。オッサンは怖い人なのかもしれない。

家に着くと父の日のための夕食の買い出しに出かけているのか、パパもママもいなかった。マコは両親が留守なことにほっとした。

リビングをのぞくと何も知らないアップル犬が、テーブルの下で丸まってのんきに昼寝をしている。テーブルの上にケーキの箱を置いた。

部屋に行って服を着替えると、リビングに戻って雨でぬれて変形した紙箱から、崩れたマーマレードケーキを取り出す。マコがていねいに並べた砂糖《さとう》漬《づ》けの輪切りのレモンたちは、白いクリームをかぶって無惨に散乱している。

マコはキッチンからフォークを持ってくると、崩れたケーキを一口食べた。いつもと変わらないママのマーマレードケーキの甘ずっぱい味がした。とたんに涙があふれだす。それから口の中に入るだけのケーキを無理やり詰め込んだ。それを繰り返す。クリームに混ざって涙の味がした。むせながらも口に運ぶ手を休めない。一気に無心で食べた。食べ終えるとフォークをていねいに洗って、箱と紙皿を誰にもわからないようにビニール袋に包んで、ゴミ箱の一番奥に捨てた。

ケーキを全部食べてしまったら、気持ちがだいぶ落ち着いたように感じた。洗面台で、クリームのついた顔を洗って、鏡の前で笑顔を作って見る。自分の顔がとても疲れているように見えた。すると落ち着いたはずなのに、また涙があふれだす。だからもう一度顔を洗った。

洗面所にしゃがみ込んだマコの顔を、アップル犬がザラザラした舌でペロリとなめた。アップルはマコが泣くと必ずどこからかやってきて、涙をなめる。

「アップル。私はだいじょうぶ」

頭をなでてやると、アップル犬はしっぽをふった。

マコはもう一度洗面台の前に立つ。ママやパパにも、誰にも、今日のオッサンのことは秘密にしようと思った。

そして鏡の中の自分に「もう吉本太美術教室には行けないかもしれない」とつぶやいた。

15

オッサンへのやり場のない気持ちを抱えたまま、夏が過ぎ、秋が来て、その年が終わった。

翌年、クリスマスプレゼントで買ってもらったお気に入りの赤いダッフルコートを着たマコは、ママと一緒にバスの一番後ろの席に座った。

泉洋品店《いずみようひんてん》はバスで二つ先の停留所にある。マコは電車やバスに乗るのが苦手だ。近頃、乗り物に乗ると耳の奥がキンキンと鳴って、目がぐるぐる回ってしまうようになった。

パパは「やっぱり芸術家は敏感で繊細なんですな～」とちゃかすし、ママは「思春期の一過性のものだわよ」と笑う。マコは自分では思春期という感覚があまりわからなかったが、小さな頃からなんにも変わってないのに、どうして私はバスや電車に乗れなくなってしまったのだろう、と困惑していた。

泉洋品店は学校指定の制服を売っている店で、春に中学に入学する子どもたちは採寸に行かなければならない。本当ならママと車で行くはずだったけど、車検とやらで車がないので、今日はしかたなく二人でバスと歩きでやってきた。

二月ともなれば、外は冷え込んでいて吐く息も白い。自動ドアがあくと、暖房《だんぼう》がかかった店内はとても暖かく感じられた。上履《うわば》きや体育着、バレーボールなど、学校で見かけるいろいろなものがきれいに陳列《ちんれつ》されていた。

「いらっしゃいませ」

ママより年上の紺色《こんいろ》のエプロンをつけたお化粧の濃いふっくらしたおばさんが、ニコニコしながら店の奥から現れた。

「日野《ひの》七中にこの春入学なので、採寸と注文をお願いします」

「はいはいかしこまりました。ではこちらへどうぞ」

おばさんは少し離れたところからマコを頭の先から足の先まで見ると、「だいたいこのくらいだわね」とブレザーやスカート、ワイシャツやジャージを一通り持ってきた。

マコはうながされるまま試着室に入り、制服を着てみたもののブカブカで気に入らない。

「これ、サイズが合わないよ。そでだってほら、ブランブラン！」

「そんなことないわよ。よく似合ってますよ。すっかり中学生に見えますね。それにこれからグングン背が伸びるんだから、このくらいのサイズがおすすめです」

そう言われてもな、このおばさんが私の背が伸びるのを保証してくれるわけじゃないしな、と納得のいかないマコに、ママも追い討《う》ちをかけた。

「ママもそう思う。制服のサイズは大きめがいいよ。それにとってても似合ってるよ。本当それ着てるとすっかり中学生だね。なんかジンときちゃう。マコはパパ似だから、今は小さくてもきっと背が高くなるだろうし。それではこれで決めて、丈詰《たけつ》めお願いします」

採寸が終わると、おばさんはカバンや靴なども一通り持ってきて見せてくれた。

「では、制服が仕上がったら、すべて一緒にご配送しますね」

ママがとてもうれしそうなので、まあこれはこれでいいか、とマコは思った。

マコはまだ中学生になる実感がない。でも時間はいつだって刻々と過ぎる。泰一が死んでから、吉本太美術教室に行かなくなってから、マコはママやパパにも話せないことが多くなった。前まではなんでも思ったことを口に出して、日記だって見せていたのに、今はちょっと考えてから、心に言葉をしまってしまう。

ママがお店の机で配送用の伝票に住所を書いている後姿を眺めながら、なぜかオッサンは今頃どうしているかな、と思った。時々、こうしてなんの前触れもなく、吉本太について考える。これも口には出さない。

家に戻り玄関前のポストをあけると、朝はなかったハガキが一枚入っていた。

吉本太からマコへだった。

マコさん
お元気ですか。あなたに見てほしい作品が仕上がりました。半年以上これに力を注ぎました。是非、見に来てください。次の日曜日に朝から門をあけて、吉本太美術教室でお待ちしています。　太

絵は描かれていなかった。相変わらずのヘビがはったような文字だけが書かれたハガキだった。裏返すと宛名面は白紙なので、ここまでフラリと届けにきたのだろう。

その日の夜、マコはパパにオッサンからのハガキを見せた。美術教室に会いに行くべきか、どうしても一人では決められなかったからだ。

パパは書斎で何か難しそうな分厚い本を読んでいたけれど、マコが来るとすぐに本を机に伏《ふ》せて真剣に話をする態勢になった。パパはいつだってそうだ。マコのどんなつまらない話でも聞き流したりはしないし、何よりも一番大切なことのように聞いてくれた。

「パパ。オッサンからポストにお手紙が入っていたの。これ」

マコはハガキを差し出した。

「最近私、美術教室に行ってないでしょう。だからよけいにオッサンに会いに行くのが気まずいなって思って」

マコは、あの日、オッサンが野獣のように叫んだことも、マコの絵を真っ二つに破ったことも誰にも話していなかった。けれどマコの変化には、パパもママも少なからず気がついているはずだ。なぜなら美術教室に行かなくなったことを、問いただされていないからだ。

「泰一さんのこととか、悲しいこととかが、いろいろあったからね。人と人はいつも一定の距離なわけではないし、関係は変化するものだろう。そういう時期もあるよね」

パパはハガキを手に取る。

読み終えると「へえ、すごいなあ、僕も作品を見たいなあ」と、大きな声でうれしそうに言った。パパはなんにも知らないから、そんなのんきなことが言えるんだ。話さなきゃよかった、とマコは思った。

するとパパはマコの気持ちを見抜いたかのように、改まった表情になった。

「僕たち人間ってさ、話してることとか、見えてる姿だけがすべてじゃないだろう？　マコと僕は親子だし世界一の仲良しだけど、僕の知らないマコもいることくらい僕だって知っている。マコもパパがマコのすべてを知ってるなんて思ってないだろう」

マコにももちろん秘密がある。小さいのも大きいのもあるな、と思うと、少し心臓がトクンと鳴った。

パパは回転式の事務用の椅子の上に、長い両脚をのせて、子どものような体育座りをした。その格好を見て、マコの気持ちも少しやわらいでくる。

「またその逆も言えてさ、マコには一生、パパのすべてはわかりっこないわけだよ。でも、僕はそれをさみしいなんて思わない。それはあたりまえのことなんだ」

マコはパパの言っていることを、とても良く理解した。

いつも完璧《かんぺき》な笑顔で頭が良くて絵がじょうずで、何も足りないことなどないように見えた泰一が死を選んだことや、オッサンの野獣のようなあの時の顔が頭に浮かんだ。河原にいる水鳥の羽根も見る角度によって色が変わる。人は時にいろいろな感情や思考を抱える。言葉では表現できない、さまざまな要素を持っているのだと思う。人間はたくさんの側面から成り立っているのだ。

パパは椅子から両脚を下ろした。

「泰一くんが亡くなってしまったことは、マコと同じように僕ものすごくショックだった。もしかしたら、彼のSOSを見逃してしまったのではないか。だとしたら、どうやって声をかけたら良かったんだろうって。けれど答えはわからない。真実は彼にしかわからないし、ましてもう彼はこの世にはいない。こんな大切なことを僕らが白だ黒だと決めてしまうのは、とても危険なことなんだ。どんな真実も、振《ふ》り子《こ》みたいで、その揺れている瞬間をとらえているにすぎない。たとえつかんでもまた揺れるだろうしね」

パパは悲しそうだった。

「そう言われて考えると、自分のことなのに、本当の私ってなんなのかわからなくなるよ。パパは本当の自分がどんな人かわかるの？」

パパは愛《いとお》しむような目でマコを見ると、首を横にふった。

「僕に本当の自分が見つかる時がくるのかな。僕はこんな歳になってもまだ見つけられていない。本当の自分なんて、そもそもないのかもしれないとさえ思う。いつもしなやかに変化していくんだ。だから、変化を怖がってはダメだ。きっと、オッサン先生も今、孤独や悲しい気持ちと闘《たたか》ってるんだよ。また変身するためにね。きっとそうして芸術家は作品を産み出すんだね」

オッサンがあの日、葡萄の門の前でマコを追い出したのは、その作品を作るためだったのだろうか。彫刻家は何かを乗り越えたくて、闘うために一人きりで自分を追い込んで作品に向かい合っていたのだろうか。本格的に太さんが創作に入ると尋常《じんじょう》ではない状態になる時があった、と泰一さんは言っていた。そう思うと、オッサンが黙々とあの庭で丸太を削る姿が目に浮かんだ。

パパはそこまで話すと、「よしっ」と自分のひざをポンとたたいた。

「来週、吉本先生のところに行くも行かないもマコの自由だけど、これはきっと特別な人だけがもらえるすごい招待状だよ！」

パパはオッサンからのハガキをマコの手に返すと、マコの頭を両手でクシャクシャにならで回した。

16

その日、マコはやっと伸ばした髪を結《ゆ》い上げた。ポニーテールはしてみたかった髪型だ。吉本太と会うことはまだ怖かった。けれど、今日行かなければきっと後悔すると思った。緊張しながら吉本太美術教室へ向かう。自転車に真冬の冷たい風を受けながら、この土手沿いを日曜日に走るのは久しぶりだなあと思う。

葡萄の門が見えたかと思うと同時に、門の前にオッサンが立ってソワソワこちらを見ているのが見えた。遠目からもいつもの顔つきに戻っていることがわかる。この前はあんなに怖かったオッサンがクマのプーさんみたいに妙にかわいらしく思えて、マコは安堵《あんど》し、思わず右手をハンドルから離すと大きく手をふった。オッサンもこちらに気がついたようだ。手をふっている。

自転車を停めたその時、マコが来た同じ方向から、見覚えのある青い自転車がやってきた。

「ユウちゃんだ！　オッサン先生、ユウちゃんにもハガキ届けてくれたんだね！　ユウちゃんも来てくれたんだ！」

ユウが私立中学を受験すると決めて塾《じゅく》に通うようになってからは、学校以外で顔を合わせる機会が減っていただけに、ここで会えるのがうれしかった。

ユウはやっぱりニコリともせず、自転車を停めると軽く会釈をした。

オッサンは葡萄の門をあけると、「こっちだ」とぶっきらぼうに庭を指さした。もうあのランランとした獣《けもの》の目ではなく、いつものオッサンの目だった。

門を抜けると、それはすぐに二人の目に飛び込んできた。

まだ芽吹きもしないコブシの木の下に、その木彫りの彫刻は置かれていた。

マコは息をのんだ。全身の毛が逆立って心臓がトクトク音を立てた。

まるで生きているかのような等身大の二人の少女は、背中合わせにまっすぐ立って空を見上げている。ちびで足が短いほうが私、スラリとしているのがユウちゃん。マコにはすぐにわかった。ユウもわかっていた。

冬の朝の光に照らされて少女たちの木《き》肌《はだ》はまるで透きとおるようで、とてもやさしくて美しかった。木目《もくめ》は血管のようで血が通っていたし、四つの瞳は強い意志を宿していた。

二人の少女は今にも動き出して、青空に手を伸ばしたがっているように見える。

マコは目の前の彫刻と呼吸を合わせてみた。

するとその作品は「オッサンそのもの」であり「自分そのもの」だった。

マコとユウはしばらくそこに立ちつくして、自分たちの分身を眺めていた。

彫刻の私たちは実際の私たちよりも長くこの世界に存在することができるんだ、そして、この中に時間を閉じ込めたまま決して大人になることはない。そう思って見ていると、とても不思議な気持ちになる。

「あの空の色がほしい」

空を見上げて、オッサンが唐突《とうとつ》につぶやいた。

「えっ？」

その言葉にマコとユウもつられて空を見た。一点の雲もない青い空はどこまでも高い。

この先は宇宙なんだ、とかつてオッサンは言ったことがあった。もしもあの色の絵の具があるならば、それで描いてみたい。

「この彫刻の題名。『あの空の色がほしい』って名づけた。かっこいいだろ」

「ああ、そうか。この作品の題名」

マコとユウはもう一度少女像に目を向ける。

「うん、とってもかっこいい」

マコはなんだか泣きたくなった。悲しいとか、うれしいとかじゃない、初めて感じる種類の涙だ。グッと泣くのをこらえたら、よけいに心が震えるのを感じた。

「ずいぶん時間かけて作っちまった。苦労したぜ。でもコイツらいいだろ？　この彫刻、伊豆《いず》高原の美術館に売れたから、来週ここから、いなくなる。だからおまえさんたちになくなる前に見せようと思った」

オッサンの声で現実に引き戻された。

「ええっ？　これ、売っちゃうの？」

マコは思わず大きな声を出した。

「そうだよ。すげーだろ」

オッサンは自慢げだ。

「え、どうして？　そんなに時間かけて苦労して作った作品、大切なんでしょう？　オッサン先生、なんで売っちゃったの⁉」

「俺は彫刻家だからな。ほしいと言われればそりゃ売るよ。値引きはしないぞ。俺は芸術家なんだ。それが俺の職業だから。うまい酒飲んだり飯食ったりするために、作品を売って暮らしてるのさ。霞食《かすみ》ってても生きてけないだろーが。ま、俺の作品をほしがってくれる人もあんまりいないけどな」

誇《ほこ》らしげに、けれど半分自嘲《じちょう》気味に笑った。

そうか、作品を作って売るのはオッサンの仕事なんだ。けれど、たとえ作品が売れなくても、お金がもらえなくても、この人は、どんな時でも、きっと作り続ける。かっこいいな、とマコは素直に感じて、そして自分もやっぱり画家になりたいと思った。

「そうか、作品を大きな美術館が買ってくれて、飾られるなんてすごいことだよね。だってこんなにも美しいんだから、たくさんの人に見てもらえたほうが、ここにあるより、オッサン先生にとっても、この彫刻にとっても、そのほうが幸せに決まってるよね！　私、今度この作品を見たくなった時は美術館に行くよ！」

マコは心からお祝いしたい気持ちだった。そして今まで、オッサンをバカにしていたすべての人に自慢してやりたかった。

「ねえ、オッサン先生、どうしてオッサン先生はたった一人きりで作品が作れるの？　どうして彫刻を作るの？　どうしてそんなに強いの？」

泰一からの手紙にマコちゃんはなぜ絵を描くの？という問いがあったことを、ふと思い出したマコは、突然オッサンにも聞いてみたくなった。

オッサンはキョトンとした顔をした後、めずらしく大きな声でワハハと笑った。

ユウは何も言わずに黙って、興奮気味で矢継ぎ早に話すマコを見ている。

「俺は強くなんかないよ。そりゃ、俺も仙人《せんにん》や坊さんじゃないから、金もほしいし、楽な暮らしもしたいさ。なーんでこんな硬い土をたった一人でこねてんだろ？　いったい誰の役に立つんだろう？　俺が死んだらどうせ捨てられるようなもんを、なんでこんな一所懸命作ってるんだろうって思う。まだ俺より猫《ねこ》のほうが社会の役に立つかもな。家族をひどい目にあわせて、その結果、誰もいなくなった、俺の人生ってなんなんだろうって、一人で作品に向かい合ってつくづく思うこともある。でも、俺は作ることがどうしてもやめられない。それで、自分のことが嫌いになりながらも、それでも作ったり描いたりしてると、ある時そんなことどうでも良くなって、目の前の俺の作っているコイツが、この作品が世界で一番美しいと思う。そしたら、すべてが救われた気持ちになる。自分で作ってる作品に自分を肯定《こうてい》してもらって励《はげ》まされてるんだからバカ丸出し、どうしようもないぜ。人間は虚無《きょむ》を抜けると、とてつもなく美しいものが見えたりするんだと。なんでも表裏一体なのさ。だから俺はやめられない、描くことも作ることも。

美しいものを見たい欲望は芸術家だけじゃない。金持ちでも貧乏人でも、子どもでも大人でもみんなおんなじ。美しい、ああ、きれいだなあって感じる気持ちは、どんな人間にとっても生きていく力なんだよ」

マコには虚無という言葉は難しいし、わからなかった。けれどオッサンが答えてくれたことがすべてだった。

「オッサン先生、また私に絵を教えてくれる?」

マコは思い切って口にした。

「やっぱり私、中学生になっても吉本太美術教室に通って、オッサン先生に絵を習いたいと思って。私、絶対サボったりごまかしたりしないで絵を描くから! お願い」

オッサンは首をかしげて少し考えた後、目を伏せた。それから子どもみたいな仕草で小石を蹴った。

「それはダメだな。俺、できない。俺はもう子どもに絵を教えるのやめた」

前とは違うやさしい口調だった。

マコはそれ以上、お願いはしなかった。きっとどんなに頼み込んでも、オッサンは受け入れてはくれないだろう。

「わかった。でも、『二度と来るな』なんてどなったりしない? 時々来たくなったら、ここに来てもいい?」

オッサンは伏せた目を上げてマコを見ると、

「ああ、時々ね。おまえさんが来たければの話。これから中学校に入ればこんなところには、来たくなくなるよ」

オッサンは寂しそうに笑った。


吉本太美術教室からの帰り道、マコとユウはわざとゆっくり自転車を押して歩いた。

「私ね、ユウちゃんと今日、美術教室で会えてうれしかった。受験があるのに大丈夫だったの？」

マコはユウの横顔を見た。ユウはすました顔でまっすぐ前を向いたままケロリと応える。

「私、合格したよ。第一志望のとこ。だからすべり止めはもう受けないし、明日もマコと遊べるよ」

マコは自転車を押す手を止めた。ユウもつられて止めるとマコの顔を見た。それから、ハンドルから右手を離してピースサインをすると、にっこり微笑んだ。

「わあ！　なんで？　なんで、すぐに教えてくれなかったの⁉　おめでとう！　おめでとう‼　すごいなあ、さすがユウちゃん。難しい学校だってママから聞いてたから心配してたんだよ」

「えー、だって、なんかわざわざそんなこと自分から知らせるのって、自慢みたいでできないよ」

ユウはそう笑うと、再び自転車を押して歩き出す。マコも歩き出す。

マコはユウと違う中学校に行くのを本当は寂しいと思っていた。ユウが受験に失敗したらまた同じ中学校に通えるんだ、と思ったことさえある。けれど、いざ合格の知らせを聞いたら、心の底から喜んでいる自分に気がついた。ユウがあの時「誰が何を言おうとマコが絵を描くことをこれからもずっと応援するよ」と言ったのは、こんな気持ちだったのかなと思ったら、もっとユウを近くに感じた。

「ユウちゃん、明日はどこで遊ぶ？　ミドリ公園？　それとも河原？　晴れたらいいなあ」

はしゃぐマコに、ユウは苦笑いしながらも楽しそうだ。

ユウの家の前でもう一度明日の約束をすると、マコは自転車にまたがり全速力でペダルをこいだ。

それからマコは一人で、たびたび吉本太の家をたずねた。葡萄の門の前で何度もいびつな犬の呼び鈴を鳴らしたが、オッサンが扉から顔を出すことはなかった。

扉の横の白壁に埋め込まれた女性の彫刻は、いつも変わらず美しかった。

17

呼び鈴を鳴らしても吉本太美術教室の門は開かない。マコは子ども部屋で一人で描くことが、こんなにも心細いことに驚いていた。

マコが描いている最中、どんなに口うるさくアドバイスしても、できあがった作品を、どんなにヘタくそだと口では言っても、オッサンは絶対にマコの作品に手を加えたり、修正したりすることはなかった。マコが描ききるまで、ぶつぶつ言いながらも、完成する瞬間はいつも必ず隣にいた。そんなことに、オッサンがあの家からいなくなってから、初めて気がついた。

マコにとって今のこの状態は、まるでセコンドのいないボクサーのようだ。

そんな中、オッサンから課題で出されていながら、教室が中断されて描けなかった作品に、マコは一人で取りかかっていた。いつか葡萄の門が開いてオッサンに会えたなら、完成作品を見せようと思っている。

「目を閉じてまぶたの裏に見えたものを描く」という課題だ。

オッサンは言った。「マコが目をつぶっている時に見えてるものなんて、俺にも誰にもわからん。おまえさんしかわからない。ウソついて描いたって、誰にもわからないんだから文句は言えない。美しい絵画はどこまでが本当でウソなのか。さあ、目を閉じてまぶたの裏をよく見て描け」

マコはその絵を描くことに決めてから、目をつぶって自分のまぶたの裏をスケッチし始めた。目を閉じると黒い線や、鈍《にぶ》い光の層が幾重《いくえ》にも重なっている。かと思うと赤やオレンジの半円形のような模様も見える。雨のような斜線《しゃせん》、砂が舞《ま》う様子。繰り返し目を閉じてスケッチをしていると、時折とても美しい景色に出会えることがあった。あまりに美しいので誰かに見てもらいたくなった。けれどこの景色を説明しようとしても、共有できる相手はいない。仮にオッサンが隣にいたとしても無理な話だ。それはマコのまぶたの裏にしかないのだから。まぶたの裏をリアルに観察すればするほど、この世界は現実なのか、もしくは自分の想像の世界なのかわからなくなる。このテーマの中でマコは何を描いても自由だった。けれどそれはとても孤独で寂しい作業だ。

四つ切り画用紙を横の構図に使い、中心に水をたっぷり含ませた絵の具で藍色《あいいろ》の線を引いた。藍の線を中心に、上下にふわりと水ににじんで美しいグラデーションになる。中心は色濃く外側は美しい透明感のある水色だ。そのにじんだ一本の線から想像しうる、あらゆる青色を使って、無数の曲線を毛細血管のように丹念《たんねん》に描き始める。目を閉じると、線はまた無限に増える。終わりのない線との追いかけっこだ。

絵の具、マジックインキや色鉛筆、パステル、クレヨン、マコが持っているあらゆる画材を使ってもその景色を描くことはできない。

学校から帰るとまっすぐ子ども部屋にこもって、毎日この線を描いた。いつしか画用紙は中央の一本の太い線から上下に伸びる、青くて細い繊細な線で埋《う》めつくされている。それはどこか遠い異国の海の波にも似ていた。

パパとママは子ども部屋に向かって声をかけても、上の空で返事をする最近のマコを心配していた。けれど、食事の時に家族で食卓《しょくたく》を囲めば、いつもの明るいマコだった。いやむしろ、今までよりずっとスッキリとした表情で、生き生きとしているようにも見えたので、パパとママはそっと見守ることに決めていた。

マコはその日も作品に向かっていた。

青い線を描きながら、ふと、顔を上げた。窓に目をやると、小さなかわいらしい雪がチラチラと降っている。マコの足元にアップル犬がピッタリくっついているから、ちっとも寒くなかった。それに比べて窓辺のクマのフーさんが寒そうに見える。

すぐに、また作品に目を落とす。目をつぶってまぶたの裏を見た。ゆっくり目をあける。改めて画用紙を見る。あ、あと数本描いたら完成だ、と思った。

マコは立ち上がってフーさんを机の上に移動させると、代わりに完成間近の作品を窓辺に立てかけた。アップル犬も一緒に起き上がった。少し離れて作品を見た。

画用紙の中、青い無数の線はウネリとなって激しい波のようでもあり、時には静まり返った海のようでもある。

青が叫んでいる！

マコは自分の絵を見てそう感じた。ドキドキした。そしてうれしかった。

それからオッサンの言葉を思い出した。人間は虚無を抜けるととてつもなく美しいものが見えたりするんだ、と言っていた。その意味がわかったわけではない。ただなぜかその言葉を思い出した。オッサンもこうして一人きりで作品を作っているのか。オッサンはたとえ一人きりで寂しくても、それでも彫刻が好きなんだ。やっぱり私も絵を描くことが好きなんだ。

作品の背後の窓の外からのぞく雪は、しんしんと降り続いている。今日は東京も積もるかもしれない。

アップル犬もフーさんも、マコをじっと見ている。

マコは、画用紙に最後の線を描き込んだ。

深呼吸する。

それから「わっ〜!! うお〜! ぎゃあ〜〜あ」と、家中に響くような歓喜の雄叫《おたけ》びをあげて、リビングにいるパパとママのところに一目散に走った。

18

吉本太が精神科病院に入院していると知ったのは、一本の電話からだった。それは小学校の卒業式を終えた二日後の朝だった。

ママが受話器の送話口を左手で押さえながら、あわてて子ども部屋に入ってきた。

「マコ、電話よ。マコさんいますか?って。キヨコさん、吉本先生の、ほら、元奥さん!」

部屋で漫画本を読みながらゴロゴロしていたマコは、飛び起きた。ママから受話器を受け取ると、恐る恐る耳に当てた。

「もしもし、マコです。お電話替わりました」

「はじめまして。吉本キヨコです。マコちゃんの話は太から聞いていました」

早口でハスキーだが、やわらかくて温かい声だ。

マコはオッサンが別れた奥さんと連絡を取っていたことや、彼女に自分の話をしていたことに驚いた。大人って複雑だな、と思う。

「ごめんなさいね。急に電話なんてしてしまって、びっくりしたでしょう？　ずいぶんと太さんがお世話になったそうでありがとう。あんな人だし、ご迷惑もかけたでしょうね。でもマコさんに絵を教えるのが本人も楽しかったようで、自慢げに教室の様子を書いた手紙を時々もらっていました。

実は、次男坊の泰一が亡くなってから、太はずいぶんと苦しんでいました。、ああ見えてもともと弱くて繊細な人だしね。で、先月、夜中に河原で叫んだり泣いたりしているところを警察に保護されて、それから、いったん入院することになったの。入院先の病院でやたら私を呼んでいたらしく、病院から連絡があって、昨日行ってきたんだけど、マコちゃんのことをとても気にしていて、『あの家には俺はいない』って伝えてほしいって、ことづけをもらったのよ」

「そうだったんですか。わざわざ、お電話ありがとうございます。オッサン、いや、吉本先生は大丈夫なんでしょうか。いつ退院するんですか」

「うーん。いい時はいつもの吉本太なんだけれど、行ったり来たり。つまり悪い時はあるはずのないものが見えたり、聴《き》こえたりして、本人もとても怖がっているから。どうでしょうね、私も、いつ退院できるとかは、詳しくはわからない。でも、作品は時々作っているのよ」

オッサンは何と闘っているのだろうか。いつか葡萄の門の前で見た、あの野獣のようなオッサンのランランとした眼を思い出した。

「そうですか。教えてくれてありがとうございました」

「マコちゃん、あなた、絵が習いたいんでしょう。よければ、私の美術教室に通いませんか。フローレンス美術教室っていうのよ。太さんのような刺激的《しげきてき》な授業かどうかはわからないけれど」

　電話の向こうにいても、その魅力が伝わってくるような語り口だった。オッサンが好きになるわけだな、とマコは思った。

　フローレンス美術教室、あのすてきなほったて小屋を初めて見つけた時に、葡萄の門にかかっていた看板に書いてあった名前。数年前のマコが憧れたフローレンス美術教室だ。その名前の響きはもうずいぶん昔の記憶のように感じる。

　マコの目の前にオッサンとの美術の時間が急に鮮明に蘇《よみがえ》った。マコが電話口で何も答えられずしばらく黙っていると、キヨコはやさしい声で先を続けた。

「いきなり言われてもわからないわよね。でも、太さんが、マコは絵を描くことに取りつかれてる子だから、きっとそのうちいい作品を描くぞって。めったに他人をほめない人がそう言うの。だから、私もあなたには絵を描き続けてほしいと思って。とにかく、パンフ

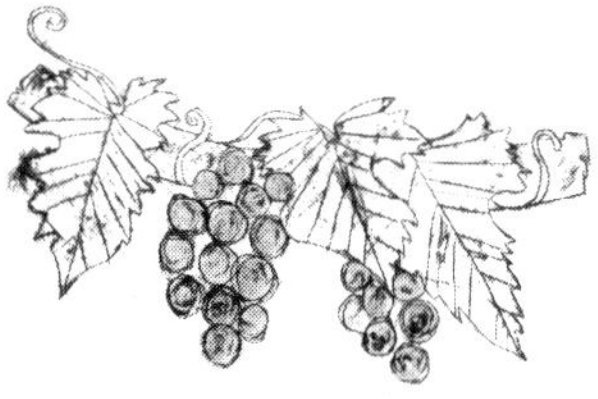

レットを送るわね」

電話を切った後、マコはしばらく考えた。そして中学生になった自分が都会の大きな美術教室に通う姿を想像した。まんざらでもなかった。吉本太美術教室がもう再開しないのなら、そこへ通うのもいいかもしれない。

数日後、ボタニカル画が緑のインク一色で印刷された、センスのいい封筒がフローレンス美術教室から届いた。

けれど、結局マコは封をあけなかった。

もし、マコがフローレンス美術教室の生徒になったら、なんとなくオッサンが寂しがるような気がしたからだった。

＊

日曜日になるとマコは、いびつな犬の呼び鈴を鳴らしに、葡萄の門の前に行く。

「あなたのご主人様に聞こえますよーに」

カラン、チリンチリン。カラン、チリンチリン。

けれどオッサンが扉をあけることは、一度もなかった。

桜が散り、葉が茂り、マコも新しい中学生活にやっと慣れ始めた頃、もうその呼び鈴を鳴らしに行くこともなくなった。

　オッサンを忘れたわけではない。

　中学校でのマコは、持ち前の明るさを生かして、以前よりも器用に友人関係を保つことができるようになっていった。何かにこだわるとそこから進めなくなる性格も、なんでも口に出して話してしまうところも、空気が読めなくて和を乱してしまうところも、自覚して気をつけてなるべく包み隠すようにした。けれど、どんなに努力しても、どうしてもそこはかとない周囲との違和感はずっとつきまとっていた。そのちょっとした生きにくさを感じるたびに、オッサンや泰一を思い出した。マコは描くことで自分であらゆるバランスを取ろうと、意識的につとめるようになった。絵を描いている時だけが、自分が自分でいられる時間だった。オッサンに会いたいと思うことは何度もあった。けれどマコは吉本太に会いには行かなかった。

　パパとママは定期的に吉本太のお見舞《みま》いに行っているようだったが、マコはどんなに誘われても、かたくなに断り続けた。オッサンの体は病院にあったとしても、オッサンの精神は、そこにはないだろう。心が壊れた芸術家と対面して、自分が何かを感じて変わってしまうのも怖かった。まぶたの裏の絵を一人で完成させて、つかみかけた「描く」という感覚が、オッサンに会ってしまったら、スルリと体から抜けていってしまいそうな気がした。

会いたい気持ちはもちろんある。でも今はまだその時ではない。オッサンがいつものオッサンに戻ったら、マコは作品を見せに吉本太美術教室に行こうと決めていた。

マコは今日も絵を描いている。

真っ白い紙を目の前にすると、ワクワクすることは幼い頃からずっと変わらない。けれど、以前と違うのは、描き始めると「これじゃない、これが描きたいのではない」と思う。

それを繰り返す。

それでもマコは明日も絵を描こうと思う。

二〇〇一年　ロンドン　秋

パウダールームの鏡の前で、マコはいつもより深い色のボルドーレッドのアイシャドウを塗り直した。日本だったらこのシャドウはキツすぎてできないな、と思う。それからジーンズと着古したベージュのウールセーターから、オフショルダーのグリーンのドレスに着替えた。ドレスはトルコ人デザイナーのフラットメイトが、この日のマコのために和服を現代的に仕立てなおしてくれたものだ。胸からすそにかけて蠟梅《ろうばい》の花が大げさに絵付けされている。深い緑に鮮やかな黄色が美しくて、マコはとても気に入っている。

ロンドンの画廊でのオープニングレセプションは華やかだ。

そう広くはない個展の会場に入ると、すでにバイヤーや評論家や着飾ったコレクターたちが、真っ白い壁に囲まれた空間の中で、マコの作品を見ながら談笑している。回遊しているギャルソンから乾杯用のスパークリングワインを受け取り、一気に飲みほした。するとさっきまですごい速さだった鼓動が、落ち着いたように感じた。

空《から》になったグラスと交換に赤ワインが注がれたグラスを片手に持つと、乾杯のための定位置についた。

画廊のキュレーターから作家であるマコの紹介が始まった。客たちがいっせいにマコを見る。マコは両親から本番に強い子だと言われてきた。こういう時、いつも両親のその言葉を思い出す。マコの英語はまだ完璧ではない。作家の挨拶はところどころキュレーターが補足を入れてくれて、なんとか無事にすんだ。

マコの挨拶が終わると、画廊のはじにあるテーブルで、キュレーターがさっそく商談を始めている。その間、作品に興味がある客たちが、かわるがわるマコに話しかけてくる。マコなりに、一人一人ていねいに会話をした。

作品はそれぞれ専用のライトを浴びて、一点の汚れもない白い壁に整然と優雅に並べられている。この部屋には他には何もない。この空間が世界のすべてだと錯覚《さっかく》する。自分が生み出した絵画だけで構成された小宇宙、私が作り出した世界だ。ここに立つと言いようのない満足感を感じる。世界を征服《せいふく》したらこんな気分になるのだろうか。

そして、そう感じている自分に気がついて、なんだかとても怖くなった。

ダウンタウンの片隅《かたすみ》にあるアパートの一室でコツコツと描いた作品はこうして華やかなスポットライトを浴びて、見知らぬ外国のブルジョワたちに売られていくんだな、と実感する。それはマコが子どもの頃からずっと夢見た世界でもあったはずだ。けれど、これを本当に望んでいたのだろうか。とても複雑な心境だった。初めての個展で動揺《どうよう》しているのかもしれない。もしくは、さっき一気に飲みほしたスパークリングワインのせいなのかもしれない。マコは少しめまいを感じながら、ぼう然とその喧騒《けんそう》を他人事のように眺めていた。

そうしていると、ある作品の前に立ちどまる紳士《しんし》に目が留まった。

オッサンがいる。

やはり酔っているのだろうか。マコは厚く塗ったマスカラも気にせず目をこすった。いや、やはり死んだはずのオッサンがいる。

その作品は二メートル角のキャンバスに、まるで丸窓からのぞき込んだような構図で、柔らかい光の中、白い服を着た少年が二人、手をつないで、こちらをじっと見ている姿が描かれていた。背後には、たくさんの真っ白い象の首の彫刻が並んでいて、その鼻と牙はいっせいに上を向いている。少年たちは、まだ見ぬ世界を想像して、期待と不安が同時に押し寄せてきているような表情だ。出発を見守るような、少年たちを包む乳白色の光は、ギャラリーをも照らしている。

幽霊《ゆうれい》かもしれない。幻覚《げんかく》かもしれない。オッサンが私の作品を見に来てくれたんだ！

マコはどうしようもなくなつかしい気持ちになり、紳士に近づいた。

「あの、こんにちは」

マコの声に紳士がふり返る。やっぱりオッサン先生だ！　生きていたの？　死んじゃったのかと思ったよ。ずっと会いたかったんだよ。

そう言おうとした瞬間、紳士が笑顔になった。

この人はオッサンじゃない。オッサンはこんな笑顔はしないもの。それにこんなに白いシャツは似合わない。

「はじめまして、マコさんですね。個展開催《かいさい》おめでとうございます。すばらしいですね。僕、吉本元《よしもとはじめ》といいます。生前、父がお世話になりました」

「あ、私、あまりに吉本先生とあなたが似ていたもので、つい、失礼しました。どうりで、先生の息子さんだったんですね。ちょっと、混乱してしまって。それにこの絵、こんな絵を描いてしまってすみません。どうご挨拶していいのか、ごめんなさい」

「この作品、とても美しいですね。本当にすてきです」

「え、あの、ありがとうございます」

「そんなに緊張なさらないでください。僕、そんなにあの人に似てますかね？」

元はうろたえるマコを見て、いたずらっぽく笑った。

待ち合わせはテムズ川の南の街、クラッパムジャンクションのラベンダーヒル通りにあるOK! YA!というまぬけな名前のカフェだった。エジプト人が経営している、おいしいマフィンとイングリッシュミルクティーを出す店だ。川向こうは治安が悪いと旅行雑誌に書いてあるらしく、日本人の観光客はあまり見かけない。異国の街で暮らしていると、自分が外国人であることに自由を感じる。

秋も深まるロンドンは、今日もずいぶん冷え込んでいる。

店の扉をあけ、マコは山吹色《やまぶきいろ》のチェスターコートを脱ぐと、風で乱れた髪を手ぐしで整えた。店内は暖かく、アッサムとバニラの甘い香りが充満している。

奥の席にはすでに、吉本元がいて、紅茶を飲みながら本を読んでいた。その姿はやはりオッサンにそっくりで、マコはまたタイムスリップしたような錯覚におちいる。

深呼吸をして、笑顔を作り、ゆっくり元が座る席に近づく。元もこちらにすぐに気がつき、立ち上がって笑顔になる。

マコは元と向かい合わせの席についた。目があった瞬間、また「オッサンがいる」と思った。なつかしさと親しみが込み上げてくる。けれどよく見ればやっぱり別人だ。オッサンを十歳《じっさい》若くして、顔を洗って襟のついたセンスのいい上質な服を着せた感じだ。そう思うと、この不思議なシチュエーションに笑いが込み上げてきた。

天井の低い店内の十組程度あるテーブルは半分くらい埋まっていたけれど、やはり日本人はマコたち以外いない。この国での日本語のいいところはどんな話題をしゃべろうと、ほとんどの場合、何を話しているか誰にも知られないことだ。

「今日はこんなダウンタウンまで、いらしてくださってありがとうございます。まさか、私の人生の中で、元さんにお会いすることがあるとは、想像もしていませんでしたから、本当に驚きました」

マコはていねいに頭を下げた。

「なんというか、ご縁《えん》ですよね。うちの教室の生徒さんたちの写生旅行ツアーで、ちょうどこちらに来週末までいる予定でしたから。観光じゃなかなか来ない街に、こうして来られてお陰様でいい機会になりました。マコさんの個展もホテルに置いてあった雑誌の記事で、偶然知ったんです。あの白い小屋を描かれた絵が掲載《けいさい》されていて、見たとたんドキリとしました。

母からもあなたのお名前を聞いていたので、それですぐにピンときました。僕、どうしてもあの作品を見に行きたかったんです。でもオープニングレセプションだって知らなくて、まさかご本人にお会いできるとは思ってもみませんでした。お忙しい時にかえって失礼しました。でも、運命というか、僕も本当にびっくりしました」

「雑誌で見つけてくださったなんて感慨《かんがい》深いです。そもそも、あの作品が実在する小屋の丸窓から中をのぞいた様子を描いた絵だってわかる人は、今や世界中探しても、作者である私と、元さんとキミコさんだけですから」

「マコさんのおっしゃるとおり、確かにそうですね。そしてあの小屋も、母家も庭も、もう、なくなってしまった。あそこは、中に入った人しかわからない独特な雰囲気がありました。僕にとっては決していい思い出ばかりではない場所だけど」

「そうですよね、そんな場所を勝手に描いてしまってすみません。元さんに、つらいことも思い出させてしまったかもしれません。

けれど、実はあの作品は連作にするはずだったんです。もう一枚は、彫刻だった象に命が吹き込まれるんです。そのうちの二頭の象は一緒に小屋から外へ出る決意をします。それで森で自由に生きるんです。その姿を描くつもりだったんですが、描いていて、象が生きてこないというか、動き出さないっていうか、どうしてもうまく描けなくて、結局、完成できず展覧会への出品ができなかったんです」

マコが複雑な気持ちで元の顔を見ると、元は先ほどと変わることなくやさしく微笑んでいた。

「いや、あんなに怖かった場所の思い出を、マコさんの絵が塗り変えてくれましたよ。とても美しい作品でした。芸術の力ってすごいんだって、あらためて感じました。むしろあの小屋をあんなふうに描いてくれて感謝しています。そうかあ、あの作品には続きがあるんですね。あの象が自由になるのかあ」

ああ、オッサン！　オッサン、声も顔もほとんど同じなのに、こんなににこやかで、やさしい口調だと印象がまったく違うよ、オッサンもっとニコニコしていたら、違った人生があったかもしれないよ？と天に向かって叫びたくなった。それくらい元は柔らかく気遣いのある紳士だった。その昔、暴走族のリーダーだったなんてうわさを聞いたけれど、時々見せる鋭い目つき以外、そんな雰囲気はまるでない。

元は今はキヨコさんとフローレンス美術教室で、子どもたちやマダムたちに絵を教えているとのことだ。

マコは、本題を切り出した。

「今日、お会いしてお渡ししたかったのは、これなんです」

茶色い油紙でていねいに保護されたハガキを封筒から取り出して、元に手渡した。受け取って油紙をめくったとたん、元からさっきまでの笑顔が消えた。そして宛名のないハガキに鉛筆で描かれた吉本太の肖像画《しょうぞうが》を、しばらく眺めていた。元のその表情が怒りなのか悲しみなのか、マコには判断がつかなかった。

「これは、弟が描いた絵ですね。しかし、この目つきといい、恐ろしい絵だな。でも、本当によく似てますね」

マコが説明をするまでもなく、元はその絵が泰一によって描かれたものだ、とすぐにわかったのだ。

「はい。泰一さんが亡くなる少し前に描いたものです。父の日のプレゼントのために。吉本先生に渡してほしいって、泰一さんから私が預かっていました。いろいろあって、吉本先生に渡しそびれてしまって、いつか吉本先生に渡しに行こうってずっと思っていたのに、渡す前に先生も亡くなってしまった。だからご長男である元さんにお渡ししたくて、ここにお呼び立てしたというわけです。

それから、父から吉本太作品を元さんが私にすべて譲るとおっしゃっていることも聞きました。でも、やっぱり作品は、息子である元さんが相続されるべきだと思います」

元はミルクティーを一口飲むと、小さく息を吐いた。そしてまたさっきまでのやさしい笑顔に戻った。

「泰一がどうしてあの日、自殺したのか、いくら考えてみても本当のことは僕にもわかりません。泰一は父によく似ていました。自分でもそれをよくわかっているようでした。けれど、太はしぶとく一人で好き勝手に生きたのに、泰一は生きられなかった。それが現実です。

僕は僕たち家族が特殊《とくしゅ》なのだ、とずっと思っていましたが、本当はそうではないのかもしれないと、最近思うようになりました。人生とはコインのようなもので、誰でも危《あや》うさを抱えて生きています。抱えながら生きていくんです。時には立ち向かったり、逃げたりしながらね。ある時コインが何かの拍子に裏返る。その時泰一は、逃げることも闘うこともできなかったのかもしれない」

元は手元の肖像画に、もう一度目を落とす。

「僕も若い頃、泰一のようにバランスを崩した時がありました。その時、たまたま知り合いが精神障害者の方々の施設で絵を教えていて、その手伝いに誘ってくれたんです。それで、その中にパッと目を惹くすばらしい作品を描く方がいました。ほとんど意思疎通《いしそつう》はできない人でしたが、その人の作品を見ていると、言葉より伝わる『何か』があった。その時、僕は画家には絶対ならないけれど、絵を人に教えてみたい、美術教育にたずさわっていきたい、心からそう思ったんです。そうやってしぶとく生きようって」

そう話す元は、もうオッサンには似ていない。あたりまえだけど、元は元なんだなと思った。

元は、姿勢を正すとこう続けた。

「太さんの作品はあなたが持っていてください。そのほうがいいです。そうしてほしいのです。ただ誤解しないでいただきたいのは、作品を要《い》らないからとか邪魔だからとか、そういうことでは決してありません。僕は彫刻家としての太さんを認めています。反面ずっと父としては恨《うら》んできました。彼との生活は子どもだった僕にとって、あらゆる意味で壮《そう》絶《ぜつ》でしたからね。でも、彼が亡くなって、もう許すとか許さないとか、どうでもよくなりました。まあ、父は父。吉本太は吉本太ですから。

僕は一つだけ、犬の小さな置物をもらいます。それで充分」

「もしかして犬の置物って、金属でできた呼び鈴のことですか？」

マコがたずねると、元は少し驚いた表情をした。けれどすぐに、うれしそうに笑った。

「そうです。そうです。さすがマコさん。すぐわかってしまうんだなあ。門の横にいつも置いてあったやつ。何十年もあんなところに置いてあっても、なくなることも壊れることもなくずっとあの葡萄の彫刻の門のところで、吉本太を呼び出すためだけにいたブサイクな犬。僕はアイツだけもらいました」

「えー、あの子、私もあの犬の呼び鈴だけをいただきたいって、今日お願いしようと思って来たんですよ。参ったなあ。同じことを考えていたなんて。

でも、元さんが最優先ですね。わかりました。呼び鈴以外の吉本太作品は、私がありがたくお預かりします。大切にします。いつかアーティストとして独り立ちして、大きなアトリエを建てて、オッサンの作品を飾ってみんなに紹介してあげなくちゃな。こりゃ責任重大ですね。がんばらなくちゃ。なんてったって私は、吉本太の最初で最後の弟子ですから」

マコはわざとおどけた調子でそう言った。

「引き受けてくれてありがとう。頼もしいですね。マコさんはアーティストとしてこれからですよ。吉本太も泰一もたどりつけなかった世界まで、絶対に行ってください。その世界の果てがどんな場所であろうと。

あなたの活躍《かつやく》を心から楽しみにしています。そして時々、父の作品に会いに行かせてください。いつか娘にもおじいちゃんの作品を見せてやりたいんです。小学校四年生のやんちゃな十歳の女の子です。お絵描きが大好きですから、マコさんにも会っていただきたい」

マコはオッサンが死んでから、初めてオッサンを思って素直に泣いた。

あんなはちゃめちゃな、どうしようもないオッサンに、あの頃の私と同じ歳になる孫がいたなんて！　無名彫刻家吉本太の物語は終わってはいなかった。

もしも本人が彼女の存在を知ったら「俺は子どもなんて嫌いだよ。孫なんてうるさいだけでとんでもないぜ」と憎《にく》まれ口をたたきながら、鼻の下を伸ばして喜ぶに違いないと思う。その子に会わせてあげたかったたな、と思ったらまた泣けた。

元は声をあげて泣くマコが落ち着くまで、何も言わずにじっと待っていた。

それから二人はまるで旧友のように、一杯のミルクティーだけで何時間も話をした。オッサンや泰一のこと、仕事について。アップル犬の近況《きんきょう》、最近読んだ本の話、それから自分自身のこと。たわいのない話も。

店の外へ出ると、ラベンダーヒル通りは霧《きり》に包まれていた。

「わ、寒い。十月に入ると冷え込む日が多くなります。今日はロンドンらしいお天気ですね。ここに住んでいると晴れの日が恋しくなりますよ」

マコはあえて大きな伸びをして、霧を胸いっぱいに吸い込んだ。そして二人はバス停までの道をゆっくり並んで歩いた。

赤褐色《せきかっしょく》のレンガ造りの建物や石造りの古い街並みには、プラタナスの黄金の街路樹がよく似合う。チャリティーショップのガレージセールで、毛糸の帽子をかぶった少年たちがおもちゃを物色していたり、パン屋でコリー犬を連れたおばあちゃんが楽しそうに店員とおしゃべりしていたり、こんな天気の日でもこの街はにぎやかだ。

マコは元がオッサンより背が高いことに気がつく。オッサンとはこんなふうに、ゆっくり話したことも並んで歩いたこともなかったな、と思った。

「私、クリスマス前には東京に一時帰国しようと思っているんです。また、元さんにお会いできたらうれしいです」

「マコさん、僕もあなたにお会いできて本当によかったです。必然のような偶然のような、不思議な出会いでしたね。孤独だった父の人生にマコさんやマコさんのご家族がいてくださったことを知って、何だかホッとしました。ありがとう。それから、あの絵の連作の完成を楽しみにしてます。では、次は東京で。また、いつかきっと」

霧の向こうに72と書かれた赤いバスが見えた。元は到着したバスに乗り込むと、ふり向いてマコに手をふった。マコも手をふった。

アパートの部屋に戻ると、マコは木製のイーゼルに描きかけのキャンバスを立てかけた。クマのフーさんと目があった。椅子に座って姿勢を正す。深い呼吸をする。

それから、怯《ひる》むことなく、完成間近だった作品をローラーで塗りつぶした。

重なり合った極彩色の森の中の象は、あっという間に降り積もる雪に覆われたかのように、真っ白く跡形もなく消えた。

「よし」

そうつぶやくと、今までよりも大胆《だいたん》に白いキャンバスに、また一本の線から描き始める。

あとがき

東京の小さなカフェギャラリーで初めて個展をしてから二十五年の月日が経《た》ちました。二歳でクレヨンを握《にぎ》って描《えが》き始めた時から、一日も欠かさず、と言ってもいいくらい今日まで毎日、絵を描いてきました。画家の私にとって、描くことは日常であり、表現であり、生活するための仕事でもあります。

とくに、父の死をきっかけに、すっかりタナトフォビア（死恐怖症《きょうふしょう》）を患《わずら》ってしまい、生きているうちにあと何時間、私は絵を描いていられるんだろうと、毎夜、指折り数えては焦《あせ》るようになりました。なんだか常に絵を描いてないと不安なんです。

そんな時に、この小説を書く機会をいただきました。まず、私が画家になりたいと思った頃《ころ》の出来事をずいぶん思い出しました。それから頭を冷やして、絵ではなくて文章を書くことだけに集中しました。絵を描かない時間を、今回過ごしてみて気がついたことがあります。私は、小説も絵も、どちらも同じ心や身体の状態で描いている（書いている）ということです。それは頭に浮《う》かんだイメージや景色を表現するために、画材を使って描くのか、言葉を使って描くのかという、道具や方法の違《ちが》いがあるだけで、結局、作品に向き合う時は同一の細胞《さいぼう》を動かしている感覚でした。主人公マコの描く絵を文章で描写《びょうしゃ》する時は、自分が描けないような作品をマコに代わりに描いてもらっているようでした。いつしか「言葉を使ってするドローイング」に夢中になっていました。

このお話には、登場人物それぞれに実在のモデルがいて、物語の半分は実際に起こった出来事です。読者のみなさんは、きっとマコは幼い頃の私だと、お思いになるのでしょう。もちろんそれも正解ですが、マコはお話の途中《とちゅう》から私とは別の人格を持ち、別の人生を歩み出していきます。

そして初めて小説を書いてみて、芸術を目指す人の心の内には、「マコ」も「オッサン」も「泰一《たいいち》」もいるのではないか、と思いました。私もマコでありオッサンであり泰一なのです。

さまざまな矛盾《むじゅん》や苦悩《くのう》を抱《かか》えながら、どうして私たち人間は絵を描いたり、詩を詠《よ》んだり、音楽を奏《かな》でたりするのでしょうか。どうしてそうせざるを得ないのか、私はずっと考えています。

私は仕事柄《がら》、幅《はば》広い年齢《ねんれい》の子どもたちとお絵描きを通して、接する機会がたくさんあるのですが、多くの子どもたちが必ずと言っていいほど「みんなの役に立つことがしたい」「社会問題の解決をしたい」と口々に言います。そしてとても理路整然と、そのためにはどうすべきかを説明してくれます。その計画と正しい理論や言葉の数々に、私は驚《おどろ》きと同時に違和感《いわかん》を感じて不安な気持ちになります。彼ら彼女らが優等生的発言を、誰《だれ》かに言わされているからではなく、むしろその気持ちが本気であればあるほど、私の不安は大きくなります。人の役に立つことは間違いなく大切ですばらしいことですが、「使えるヤツ、使えないヤツ」という時々耳にするあのいやな言葉を思い出します。有用性ばかり追いかけることが、いわゆる答えのない芸術の世界のカオスと、かけ離《はな》れていくようで、揺《ゆ》れ動く本質を置いてきぼりにしてしまいそうで不安なのです。時には「美しきムダ」が私たちにとって大切であることを、忘れないでほしいなと思います。そんなムダの中にこそ幸せがあるのかな、あるんじゃないかなって思うんです。

絵画や文学をはじめとするアートには「世界にはわからないことがあるんだ、あってもいいんだ」ってことを、私たちが知るきっかけとなる可能性を秘《ひ》めています。

オッサンがそうであったように、私も何かのために、誰かのために、絵を描いてるのではなく、ただ自分が美しいと感じるモノを描きたいから描いているのです。だって、お絵描きが好きなだけなんです。

大体こんなことを話したがること自体、私がすっかりこの二十五年で歳《とし》をとった証拠《しょうこ》なのでしょうねえ。

ふり返ればあっという間に時間は経ってしまうものですが、泰一やキヨコ、パパやオッサンのモデルになった人たちも、もうこの世にはいません。あたりまえのようにそばにいた大切な人があっけなく、いなくなってしまう経験を何度か重ねていくこともまた、生きることなんだなと感じます。

けれど反面、私は永遠を求めています。マコが「あの空の色の絵の具があったらいいな」と思ったように、オッサンが二人の少女像を作ったように、悲しみにくれた時、心が躍《おど》った時、恋《こい》をした時、愛した時、美しいものに出会った時、そのすべてを何かに閉じ込《こ》めて、この世界に永久に残したい衝動《しょうどう》にかられます。どんな命よりも長く残るようにと。

オッサン先生と過ごしたことは、マコにとっても私にとっても鮮烈《せんれつ》で、かけがえのない時間でした。オッサンのような芸術家が生きることができた時代があったなあ、と思い出すことが、私たちがなくしそうになっている大切な何か、を思い出すキッカケになればいいな、と思います。

いつでもどこでも、白い紙を前に筆さえ持てば、誰にも私の邪魔《じゃま》はできない、私は自由なんだと感じます。きっと、みんなもそうなんだと思います。
だから、お絵描きが大好きな子どもたちが、明日も明後日《あさって》もその先もずっと、絵を描くことが好きでいられるような、そんな世界でありますように。

最後に、私に小説を書いてみようと思うきっかけの言葉をくださった落合恵子さん、トカイナカジャーナルの神山典士《こうやまのりお》さん、支えてくれた外川眞一さん、岡本和仁さん、幼い頃から仲良しの須崎リョウコさん、アートディレクターの髙橋雅之さん、言葉と文章でも描けることを一からていねいに教えてくださった編集の高木れい子さん、この小説を書くことを快諾《かいだく》してくださったキミコ・プラン・ドゥの松本一郎さん、今は亡《な》きパパ、松本キミコさん、松本太郎さん、そして、彫刻家《ちょうこくか》松本進先生に感謝を込めて。

二〇二四年春　蟹江　杏

蟹江　杏（かにえ・あんず）

画家。
東京都生まれ。自由の森学園卒業。ロンドンで版画を学ぶ。
現在、美術館、全国の百貨店や画廊で、数々の個展を開催。
しなやかな線と圧倒的な色彩で描かれる、
豊かな物語性を喚起するその作品は、多くの人を魅了する。
著書に、作品集『杏と世界』、絵本『ハナはへびがすき』
（第14回ようちえん絵本大賞受賞）など多数。
舞台美術や壁画制作、企業とのコラボレーションも手がける。
またＮＰＯ法人３・11こども文庫理事長として、被災地の子どもたちに
絵本や画材を届ける活動や絵本専門の文庫を設立するなど、
全国の子どもたちとアートをつなぐ活動を精力的に行っている。
アートを通しての多彩な活動が評価され、雑誌「Ｐｅｎ」が主催する
Ｐｅｎクリエイター・アワード２０２１で、審査員特別賞を受賞。

HP　https://atelieranz.jp
facebook　https://www.facebook.com/profile.php?id=100002958149248
Instagram　https://www.instagram.com/anz.kanie

あの空《そら》の色《いろ》がほしい

二〇二四年六月二〇日初版印刷
二〇二四年六月三〇日初版発行

著者／蟹江 杏
装画・本文イラストレーション／蟹江 杏
装丁／タカハシデザイン室
発行者／小野寺優
発行所／株式会社河出書房新社
〒一六二－八五四四 東京都新宿区東五軒町二－一三
電話 〇三－三四〇四－一二〇一［営業］ 〇三－三四〇四－八六一一［編集］
https://www.kawade.co.jp/
組版／株式会社キャップス
印刷／株式会社亨有堂印刷所
製本／加藤製本株式会社

Printed in Japan ISBN978-4-309-03188-0